DIE MACHT DER ZWERGE

von Thera Andrea Minder

Saphira Verlag

Der Saphira Verlag veröffentlicht Bücher, die im Bewusstsein des Engel´s Reiki geschrieben wurden. Sie alle haben zum Ziele, dem Leser durch wachsende Spiritualität Kraft und Freude am Erdenleben zu übermitteln.

Pro verkauftes Buch kommen dem Verband I.A.R.U. International Angel´s Reiki Union 1,- € zu Gute.

Copyright Saphira Verlag
Autor: Thera Andrea Minder
1.Auflage: 2003

Gechannelt durch Thera
Cover: gemalt von der Künstlerin Sirilana - Monika Merz
Bearbeitet von Leonila Hämmerle
Lektorat: Nabala - Gabriele Papp
Printed in Germany

Der besondere Dank des Saphira Verlags gilt
Jack O´Niels

Autor: Thera Andrea Minder
Rainacherstrasse 15
CH – 6012 Obernau
Tel.: 0041 - (0)41 - 320 93 83
www.thera-arubin.ch
engelsreiki@thera-arubin.ch

Saphira Verlag: Lichtzentrum Anisis
Altgasse 50
CH - 6340 Baar
Tel./Fax: 0041 - (0)41 - 760 80 11
www.saphira-verlag.com
info@saphira-verlag.com

Saphira Verlag
ISBN 3-9522893-0-2

Inhaltsverzeichnis

Danksagung

Herzlichen Dank an alle, die mich bei diesem Buch unterstützten und mir halfen, es zu verwirklichen.

Ich danke meinem Mann Arubin, der mit jedem geistigen Wesen Kontakt aufnehmen kann.
Ich danke Pan, dem Gott der Natur und der Devas, der mir viel in den Meditationen zeigte.
Ich danke allen geistigen Wesen, die mich unterstützten.
Ich durfte so Wundervolles erleben.
Ich danke auch unserer lieben Freundin Anisis, die mich durch die Botschaft aus der geistigen Welt auf dieses Buch aufmerksam machte - und für ihre Unterstützung.

Einleitung

An einem sonnigen Nachmittag erhielten wir einen Besuch von einer lieben Freundin, die als Geschenk einen kleinen Zwerg aus Keramik mitbrachte. Mein Mann, die Kinder und ich freuten uns sehr über den süssen Zwerg. Er bekam ein schönes Plätzchen, an dem ihn auch jeder bewundern konnte. Von da an begann sich für uns die Welt der Zwerge zu eröffnen.

Eines Abends sah mein Mann Arubin während einer Meditation einen Zwerg auf ihn zukommen. Er teilte ihm mit, dass er hier bei uns wohnen würde und sein Name Jack der Zwerg sei. Arubin war sehr erfreut über unseren neuen Mitbewohner und hieß ihn herzlich Willkommen.

Auch ich durfte Jack kennen lernen. Ich fragte ihn, ob er mir helfen könne, auf unsere Jungs aufzupassen. Jack nickte und ich hatte das Gefühl, dass er erfreut war, in unserer Familie integriert worden zu sein. Wir dürfen einen fünfjährigen Sohn, namens Yanick, und zwei dreijährige Söhne, namens Maurice und Dennis, durchs Leben begleiten. Da es sehr lebensfrohe, aktive Kinder sind, ist es bei uns selten langweilig und auch Streitereien sind an der Tagesordnung. Doch seit Jack uns zur Seite steht ist eine harmonische Ruhe eingetreten.
Lieben Dank an Jack den Zwerg - für seine Mithilfe sende ich ihm von ganzem Herzen täglich meine Liebe.

Die selbe Freundin wies mich auch darauf hin, dass die geistige Welt ein Buch erwartet, welches über die Zwerge berichtet und den Menschen diese liebenswerten, göttlichen Geschöpfe näher bringt. Der Autor sollte ich sein. Ich staunte nicht schlecht! Doch alles hat seine göttliche Richtigkeit und so begann ich, das Buch über die Macht der Zwerge zu schreiben.

Viel Freude beim Lesen und noch ein Tipp: Wenn Ihr zu lesen beginnt, öffnet Euer Herz der Energie der Zwerge. So wird alles das zum Leben erweckt, was schon lange in den Tiefen Eurer Seele schlummert.

Botschaft von Jack dem Zwerg

Ich blickte dem Zwerg aus Keramik tief in die Augen, und plötzlich schauten mich zwei lebendige Äuglein voller Sehnsucht an. „Vergesst uns nicht! Bezieht uns in Euer Leben! Ruft uns und bittet uns um Hilfe, dann können wir Euch helfen! Vergesst nicht, so wie wir Euch brauchen, braucht Ihr uns." Diese Botschaft von Jack dem Zwerg wurde mir telepathisch übermittelt.

Da wurde mir bewusst, dass das Ziel der Mutter Erde, mit uns in die fünfte Dimension aufzusteigen, nur möglich ist, wenn wir das Bewusstsein für die Naturdevas und somit auch das für die Zwerge wiederfinden. Denn in den Tiefen unserer Seelen haben wir alle den Zugang zu diesen wundervollen Wesen, die uns soviel Göttlichkeit geben können.

Jack der Zwerg ließ mich auch wissen, dass er mit uns in Kontakt treten konnte, weil wir bereit dafür waren, unser Herz der Zwergenwelt zu öffnen.

Vor langer Zeit war es völlig normal, dass die Zwerge zusammen mit den Menschen lebten.

Langsam vergaß die Menschheit die Welt der Zwerge, und allmählich wurden sie ganz aus dem Bewusstsein verdrängt. Das Zwergenvolk wurde regelrecht aus der Zivilisation der Menschheit verbannt. Dies geschah durch den Bau der Städte, durch Waldrodung und durch unnatürliche Behandlungen der Böden mit Kunstdünger und

..........weil die Menschen die Herzensverbindung zu den Zwergen verloren. Und jetzt sind sie nur noch als Märchenfiguren bekannt.
Aber woher stammen diese Märchenfiguren? Woher kam die Idee der Zwergengeschichten? Im Innersten kennt Ihr die Antwort - horcht mal in Euch hinein.

Durch die Verbannung aus den Menschenherzen zogen sich die Zwerge tief in die Wälder zurück. Sie zeigten sich nur noch den Menschen, die offenen Herzens und mit der gelebten Göttlichkeit durchs Leben gehen.

Nun aber ist es an der Zeit, dass wir uns wieder an die Zwerge erinnern, sie in unser Herz aufnehmen und uns für sie öffnen. Sie sind wahre Freunde und zeigen sich sehr dankbar, wenn man ihnen Licht und Liebe sendet.

Stellt Euch einfach vor, wie Ihr den Zwergen Liebe und Licht sendet.

Legt die Hände auf das Herzchakra und sagt in Gedanken dreimal: „Ich sende der Zwergenwelt mein Licht und meine Liebe.“ Stellt Euch vor, wie ein Lichtstrahl aus Eurem Herzchakra strömt und in die Zwergenwelt fließt. Lasst dies einfach geschehen und genießt es.

Das Zwergenreich

In der Meditation flog ich, geführt von dem Zwerg der Schwingung, in eine andere Dimension. Es war ein wunderbarer Ort der Mystik - das Reich der Zwerge.

» Ich lande auf einem hellblauen Boden - genau vor einem weiß leuchtenden Schloss. Es ist atemberaubend schön. Es hat hohe Türme, die Fenster sind groß und mit Rundbögen versehen. Die Dächer sind unten rund und verlaufen in einen Spitz, gleichsam wie in einem Märchen aus tausend und einer Nacht. Eine weiße, leuchtende Treppe führt in das Schloss hinein. Links und rechts der Treppe stehen Zwerge Spalier. Sie leuchten hell und tragen Kleider aus hellen Pastellfarben. Sie tuscheln und verfolgen mich beim Hinaufgehen der Treppe mit liebenswürdigen Blicken. In ihren Gesichter liegt etwas Erwartungsvolles.

Die Treppe scheint endlos zu sein, obwohl ich in einer Leichtigkeit die Stufen empor zu steigen vermag. Sie führt mich durch einen Hofgarten. Alles ist so hell und glänzend.

Die Treppe endet vor einem Tor, das bereits geöffnet ist. Ich schreite in einen wunderschönen Saal. Der Saal erinnert mich an die alten Kirchen mit den hohen gewölbten Decken, die mit Engelsbildern bemalt sind. Nur hier leben die Bilder. Elfen und Feen fliegen umher und scheinen im Vorbeiflug die Gräser und Blumen zu streicheln. Ich gehe durch den Saal. Links und rechts immer noch

Zwerge, die mich mit ihren Blicken auffordern, weiter zugehen. Ich folge ihrer Aufforderung und auf einmal sehe ich - wie auf einer Bühne - den Zwergenkönig vor mir stehen! Er wirkt sehr majestätisch, gekleidet in einer dunkelblauen Robe. Auf seinem Kopf trägt er eine goldene Krone, die auf den Zacken verschieden farbige Steine aufweist. Er winkt mich zu sich herauf und ich schreite ehrfurchtsvoll auf ihn zu, um ihn mit einer höflichen Verbeugung zu begrüßen. Er nickt mit einem liebevollen Lächeln und als ich ganz nah vor ihm stehe, hat er wie aus dem Nichts eine Kette aus Edelsteinen in den Händen, deren Steine in den Farben der Edelsteine Rubin, Smaragd, Saphir und Diamant glitzern. Als er mir die Kette um den Hals legt, durchflutet mich eine wunderbare Energiewelle und ich fange an zu verstehen, was er mir mitzuteilen hat. Alles geschieht telepathisch.

Ich befinde mich hier in einer höheren Dimension - die Geburtsstätte der irdischen Zwerge. Unser dreidimensionaler Verstand würde das wohl den Himmel der Zwerge nennen.

Der Zwergenkönig zeigt mir vor dem geistigen Auge einen ganz speziellen Raum, der sich hier im Schloss befindet. Dieser Raum ist heilig und ich werde ihn zu einem späteren Zeitpunkt kennen lernen. Ich nehme ihn mit hellblauen, strahlenden Wänden wahr. Die Decke ist nicht erkennbar. Sie erstrahlt in ganz weißem Licht, und so scheint sie unendlich zu sein. In der Mitte des Raumes erstrahlt eine weiß-goldene Lichtsäule - auch sie scheint unendlich nach oben zu verlaufen. In der Lichtsäule wirbeln blaue, durchsichtig-schimmernde, rote und grüne

Edelsteine umher, also genau solche Steine, aus denen auch meine Kette ist. Diese Edelsteine in der Lichtsäule sind die Verbindung zu den irdischen Zwergen. Ohne diese göttliche Lichtsäule könnten sie nicht existieren. So wie wir ohne das göttliche Licht in uns nicht leben könnten.

Ich bedanke mich beim Zwergenkönig für das Geschenk und bin im Begriff wieder aus dem Schloss zu gehen, als ein Zwerg auf mich zukommt, mich begrüßt und mir zu verstehen gibt, dass ich ihn rufen könne, wenn ich das Reich der Zwerge wieder besuchen wolle, um noch mehr zu erfahren. Den Zwerg sehe ich in einer grüner Kutte mit roter Hose, wobei die Farben blass erscheinen. Sein Aurafeld leuchtet und er strahlt viel Liebe aus. Ich frage nach seinen Namen. Er ist Louis der Zwerg und für den heiligen Raum zuständig. «

Die irdischen Zwerge wollen uns beim Aufstieg der Erde helfen, wir können vieles von ihnen lernen, zum Beispiel in Liebe und göttlicher Harmonie miteinander zu leben.
Die irdischen Zwerge können wir nur mit dem geistigen Auge wahrnehmen, da sie feinschwingender sind als wir, so dass wir unsere Schwingung auf sie einstellen müssen. Dies geschieht, indem wir unser Herz der Energie der Zwerge öffnen und es auch zulassen. Es ist ein wunderbares Erlebnis, die Zwerge wahrzunehmen. Versuche es doch auch einmal.

Ein wunderschönes Erlebnis mit Jack

Während der Meditation, in der ich das Königreich der Zwerge kennenlernen durfte, fing Maurice, unser Sohn, an zu weinen. Ich unterbrach die Meditation, als ich die Treppe ins Zwergenschloss hinauf ging und fühlte, dass die Energie, in der ich mich während der Meditation befand, immer noch da war und begab mich in einer unglaublichen Gelassenheit zu Maurice ans Bett. Ich gab ihm den Schnuller, den er vergeblich gesucht hatte. Da kam mir der Gedanke, dass Yanick ihn vielleicht mit der Magen-Darm Grippe angesteckt haben könnte, die sich bei ihm bereits bemerkbar machte. Ich bat zuerst die Engel um ihre Hilfe. Sie kamen und streichelten sanft Maurice. Da kam auch Jack. Ich bat ihn ebenfalls um seine Hilfe und seinen Schutz für die Kinder, dass sie keine Grippe bekommen. Da ging er zuerst an das Bett von Maurice und streute ihm ein weiß-goldenes, leuchtendes Pulver ins Gesicht. Dies wiederholte er dann bei Dennis und Yanick. Ich bedankte mich bei ihm und den Engeln und sendete ihnen meine Liebe, wobei mich eine wundervolle Energiewelle der Liebe durchflutete.

Maurice und Dennis waren am nächsten Morgen gesund und munter wie immer. Yanick war noch ein wenig müde, aber die Bauchschmerzen waren verschwunden und nachmittags hatten wir unseren energiegeladenen Sohn wieder in voller Aktion.

Die sechs Lichtsäulen der Zwerge

Als ich mich eines Abends wieder gemütlich auf die Couch setzte und mich der Energie der Zwerge öffnete, geschah etwas wunderbares:

» Ein wundervolles Licht umhüllt mich und ein Energieanstieg ist deutlich spürbar. Vor mir erscheint ein Tor und öffnet sich. Es erscheint ein wunderschönes Tal. Ich sehe einen Fluss, der durch die Mitte des Tales fließt. Links und rechts des Flusses erstreckt sich eine Hügellandschaft, die mit verschiedenen Bäumen gesäumt ist. Die Farben des Tals sind kräftig, voller Energie und Leben. Ich schreite durch das Tor und gehe dem Fluss entlang. Dabei nehme ich verschiedene Naturdevas wahr. Elfen und Feen fliegen wie Glühwürmchen durch die Luft.

Vor mir liegt eine Gruppe von Steinen, die einen Kreis bilden. Darauf sitzen die Zwerge und plaudern miteinander. Als ich auf sie zu gehe, bemerken sie mich und lächeln mir freundlich zu. Die Zwerge haben verschieden farbige Gewänder an. Ihre Aura strahlt so hell, dass die Farben der Kleidung eher blass wirken. Es sind insgesamt sieben Zwerge, die mich mit Freude empfangen. Sie geben mir zu verstehen, dass ich ihnen folgen soll. Ich werde in den Wald geführt. Die dort wachsenden Bäume sind sehr hoch - oder bin ich so klein? Erst jetzt bemerke ich, dass ich gar nicht viel größer bin als die Zwerge. Es mag vielleicht daran liegen, dass ich mich ihnen öffne und dadurch in ihrer Realität ihre Größe annehme. Denn

Jack erscheint mir immer so groß wie mein fünf jähriger Sohn, also etwa 1.15m.

Die Bäume dort sind wunderschön. Verschiedene Naturdevas, vor allem Elfen, fliegen umher. Der Wald ist voller Leben. Vor mir taucht eine kleine Waldlichtung auf. Sie ist eingesäumt von lauter Baumhütten, die erstaunlich aussehen. Wir bleiben in der Mitte der Lichtung stehen. Es kommt mir so vor, als ob mich jeder hier wohnende Zwerg bestaunen will. Plötzlich tauchen ganz viele Zwerge wie aus dem Nichts auf. Es ist unglaublich! So viele Zwergenfamilien kommen, um mich zu begrüßen! Sie winken und lachen. Da schreitet ein Zwerg direkt auf mich zu. Es ist Louis, den ich im Schloss kennen lernte und er erklärt mir: „Das Zwergenvolk offenbart Dir etwas wunderschönes - Dir und der gesamten Menschheit - dies ist für Euren Aufstieg hilfreich. Schick uns einfach Deine Liebe - das ist genug.“

Ich öffne mein Herz und schicke allen meine Liebe. Die Zwerge beginnen, noch heller zu leuchten. Fast im selben Moment durchfließt mich eine Woge tiefer Liebe, die sie mir senden. Es berührt mich tief. Louis winkt mir zu, dass ich ihm folgen solle. Er führt mich aus dem Dorf durch einen sehr dicht bewachsenen Waldabschnitt, wobei uns alle Zwerge vom Dorf folgen.

Plötzlich erscheint ein Höhleneingang. Erstaunt stelle ich fest, dass wir am Fuß eines Berges angelangt sind. Louis gibt mir ein Zeichen, dass ich die Höhle betreten solle, er würde mir folgen. Langsam begebe ich mich in die Höhle. Es ist unglaublich! Sie ist beleuchtet - doch nicht durch Licht - nein, durch unzählige verschieden farbige Edelsteine, die in den Wänden und an der halbrunden Decke verankert sind. Weiter vorne strahlt ein helles Licht und ich weiß, dort soll ich hin. Also gehe ich auf dieses Licht zu. Nun komme ich in einen runden Raum, es gibt nicht eine einzige Ecke. Der Boden bildet einen Kreis und die Decke ist halbrund und fließt direkt in den Boden. Ich bleibe in der Mitte des Raumes stehen und Louis offenbart mir etwas Unglaubliches.

Die halbrunde Decke besteht nur noch aus purem Licht, so dass sie nicht mehr definierbar ist. Vor mir erstrahlt eine weiß-goldene Lichtsäule, links davon eine grüne und rechts davon eine rote Lichtsäule. Rechts hinter mir leuchtet eine blaue Lichtsäule und links hinter mir eine durchsichtig-glitzernde Lichtsäule. Bei Louis, der direkt hinter mir steht, ist eine silberne Lichtsäule zu sehen. Er fordert mich auf, in eine der Lichtsäulen zu treten. Ich stelle mich in die weiß-goldene Lichtsäule. Eine unglaubliche Woge der göttlichen Harmonie durchfließt mich. Das weiß-goldene Licht legt sich wie eine Spirale um mich.

Louis und die Lichtsäule machen mir viel bewusst, was man mit Hilfe der verschieden farbigen Lichtsäulen erreichen kann. Die Zwerge möchten gerne, dass wir mit ihnen arbeiten. Sie stellen uns die Energien der verschiedenen Lichtsäulen zur Verfügung, um somit der Erde bei ihrem Aufstieg in die fünfte Dimension helfen zu können. Natürlich stehen uns die Lichtsäulen auch für unseren persönlichen Aufsieg zur Verfügung. Über die gemeinsame Arbeit freuen sich die Zwerge, denn sie haben schon lange darauf gewartet.

Als ich mich wieder aus der weiß-goldenen Lichtsäule begebe, fühle ich mich ein wenig benommen, doch sehr ausgeglichen. Ich bedanke mich bei der Lichtsäule und den Zwergen. Dann führt mich Louis aus der Höhle. Die anderen Zwerge haben auf mich gewartet. Sie verneigen sich vor mir, ich mache es ihnen nach und sende ihnen dankbar meine Liebe. Louis teilt mir noch mit: „Wenn Ihr in der Natur spazieren geht, so öffnet Euer Herz den Zwergen und stellt Euch vor, wie Ihr in der Farbe der Lichtsäule leuchtet, in der Ihr eingetreten ward. So werden Euch die Zwerge erkennen."

Die Zwerge führen mich an den Fluss zurück und ich gehe dort entlang, bis ich wieder zu dem Tor komme, an dem meine wunderbare Reise begann. «

Die Wirkung der Lichtsäulen

Da mein Mann Arubin mich bei der Meditation begleitetete, erzählte ich ihm immer, was ich sah und auch er durfte es erleben. Dabei bekamen wir beide gechannelte Botschaften, wie wir die Lichtsäulen einsetzen und anwenden können. Die Energien der verschiedenen Lichtsäulen sind wertvolle Hilfen für unseren Aufstieg in die fünfte Dimension. Die Zwerge sind schon fünfdimensionale Wesen, die sich dazu bereit erklärt haben, der Menschheit beim Aufstieg zu helfen.
Die Zwerge helfen Dir mit ihren Lichtsäulen, Dich zu transformieren, so dass du bewusster durch das Leben schreiten kannst.

Die weiß-goldene Lichtsäule

Sie steht für die Verbundenheit mit Gott. Ihre Energie wirkt auch heilend auf die vier Körperebenen. Sie bestehen aus dem Physischen,- Emotional,- Mental- und dem Lichtkörper. Mit dieser Energie gelangst Du leicht in eine höhere Schwingung - Du schwebst einfach in sie hinein. Ich nehme diese Energie als sehr feinschwingend wahr. Sie gibt einem das Gefühl der Leichtigkeit und vermittelt inneren Frieden. Sie bringt Dich in Verbindung mit dem Göttlichen und zentriert Dich. Wenn Du Müdigkeit verspürst, kannst Du Dich unter diese Energiedusche der weiß-goldenen Lichtsäule stellen.

Jack der Zwerg ist mit ihr verbunden. Ich möchte noch etwas klar stellen: Jack ist nicht unser Zwerg und wohnt nicht in dem Sinne bei uns, wie wir das verstehen. Er kommt, wenn er gerufen wird. Er kann von jedem Menschen gerufen werden, wenn Hilfe benötigt wird. Jack erschien uns, damit wir begreifen, dass die Zwerge eine göttliche Macht besitzen und wir sie nutzen können.

Das weiß-goldene Pulver, das Jack unseren Jungen über das Gesicht streute, war von dieser Lichtsäule.

Einstimmung in die Energie von Jack dem Zwerg und der weiß-goldenen Lichtsäule

Setze oder lege Dich bequem hin.
Lege Deine Hände auf Dein Herzchakra
und sprich geistig 3x:

„Ich öffne mich der Energie von Jack dem Zwerg und seiner weiß-goldenen Lichtsäule."

Spüre in Dankbarkeit wie die Energie über
Dein Kronenchakra in Deinen Körper
und Dein gesamtes Energiefeld fließt.

Energieaufnahme: So lange Du das Bedürfnis danach
verspürst. Höre auf Deine Innere Stimme.
Bedanke Dich.

Die rote Lichtsäule

Sie steht für die Verbundenheit mit der Erde. Ihre Energie ist erdend. Du kannst Dich oder andere Menschen damit erden, da es sehr wichtig für unseren physischen Körper ist, gut mit der Erde in Verbindung zu stehen. Die rote Lichtsäule nehme ich als pulsierende Energie wahr.

Sie verläuft direkt in die Erde. Wenn Du mit dieser Energie meditierst, gehst Du sehr viel bewusster mit der Umwelt um. Bevor Du Dich auf die Energie der roten Lichtsäule einstimmst, verbinde dich mit Deinen vier Körperebenen, der Physischen Ebene, der Emotional- ebene, der Mentalebene und Deinem Lichtkörper. Wenn Du in die rote Lichtsäule eintrittst, siehst Du das Energiemuster Deines Lichtkörpers. Je höher Deine Schwingung wird, desto lichter wird Dein Lichtkörper. So kannst Du Schatten in Deinem Körper erkennen und diese mit der Energie der roten Lichtsäule füllen. Wenn Du anderen Menschen helfen möchtest, kannst Du sie in die rote Lichtsäule einhüllen. So nimmst Du ihr Energiemuster wahr und kannst die Schatten oder Löcher mit dieser Energie füllen.

Der Zwerg, der für diese Lichtsäule verantwortlich ist, heißt Sebastian.

Einstimmung in die Energie von Sebastian dem Zwerg und der roten Lichtsäule

Setze oder lege Dich bequem hin.
Lege Deine Hände auf Dein Herzchakra
und sprich geistig 3x:

„Ich öffne mich der Energie von Sebastian dem Zwerg und seiner roten Lichtsäule."

Spüre in Dankbarkeit wie die Energie über
Dein Kronenchakra in Deinen Körper
und Dein gesamtes Energiefeld fließt.

Energieaufnahme: So lange Du das Bedürfnis danach verspürst. Höre auf Deine Innere Stimme.
Bedanke Dich.

Die grüne Lichtsäule

Sie steht für die Verbundenheit mit allen Zwergen und Naturdevas. Du entdeckst die Liebe zu diesen lichtvollen Wesen. Mit dieser Energie lernst Du, die Natur zu respektieren und **mit** ihr - anstatt gegen sie - zu leben. Diese Energie nehme ich als sehr liebevoll wahr.

Den Zwerg Vincent, der für diese Lichtsäule zuständig ist, solltest Du dann einsetzen, wenn Du einen Ort in der Natur verändern willst wie z.B. einen Baum fällen, ein Haus bauen oder ein Stück Land für den Ackerbau nutzen. Verbinde Dich mit dem Ort und rufe Vincent den Zwerg. Nimm die Naturdevas wahr, die auf diesem Fleck der Erde wohnen. Erkläre ihnen mit viel Mitgefühl, dass du diesen Platz brauchst und frage sie, ob sie sich nicht an einem anderen Ort niederlassen könnten. Schicke ihnen Deine Liebe und bitte Vincent, dass er ihnen hilft. Dann gibst Du den Naturdevas drei Tage Zeit, um sich einen neuen Platz zu suchen. Bevor Du beginnst, das Vorhaben umzusetzen oder einen Baum zu fällen, überprüfe, ob wirklich keine Naturwesen mehr da sind. So gibst Du dem Geist der Natur die Möglichkeit, sich zurückzuziehen und es entsteht an diesem Platz kein Karma, da die Naturdevas in Frieden mit allem gehen können.

Einstimmung in die Energie von Vincent dem Zwerg und der grünen Lichtsäule

Setze oder lege Dich bequem hin.
Lege Deine Hände auf Dein Herzchakra
und sprich geistig 3x:

„Ich öffne mich der Energie von Vincent dem Zwerg und seiner grünen Lichtsäule."

Spüre in Dankbarkeit wie die Energie über
Dein Kronenchakra in Deinen Körper
und Dein gesamtes Energiefeld fließt.

Energieaufnahme: So lange Du das Bedürfnis danach verspürst. Höre auf Deine Innere Stimme.
Bedanke Dich.

Die blaue Lichtsäule

Sie steht für die Karmaauflösung von der Erde. Ihre Energie setzt man ein, um bei der Reinigung der Erde zu helfen, so dass sie von Negativität befreit wird. Wenn wir häufig die Energie der blauen Lichtsäule der Erde senden, helfen wir ihr, die Karmen, die durch menschlichen Einflüsse entstanden sind, ohne große Reinigung (z.B.

Naturkatastrophen) loszulassen. Diese Energie arbeitet sehr stark an Dir, indem sie längst überholte Verhaltens- und Gedankenmuster auflöst. Es kann sein, dass sich alte Emotionen nochmals bemerkbar machen, bevor Du Dich von ihnen lösen kannst. Ich nehme diese Energie als sehr befreiend wahr. Je mehr Du mit dieser Energie arbeitest, desto ungebundener bist Du.
Der Zwerg, der für diese Lichtsäule verantwortlich ist, heißt Minosch.

Einstimmung in die Energie von Minosch dem Zwerg und der blauen Lichtsäule

Setze oder lege Dich bequem hin.
Lege Deine Hände auf Dein Herzchakra
und sprich geistig 3x:

„Ich öffne mich der Energie von Minosch dem Zwerg und seiner blauen Lichtsäule."

Spüre in Dankbarkeit wie die Energie über
Dein Kronenchakra in Deinen Körper
und Dein gesamtes Energiefeld fließt.

Energieaufnahme: So lange Du das Bedürfnis danach verspürst. Höre auf Deine Innere Stimme.
Bedanke Dich.

Die durchsichtig-glitzernde Lichtsäule

Sie steht für die Reinigung auf allen Körperebenen, also dem grobstofflichen Körper und dem feinstofflichen Körper (auch Aura genannt), so dass wir wieder erstrahlen können. Beim Eintritt in die Lichtsäule nehme ich die Energie sehr intensiv wahr - wie einen „Schleuderwaschgang“. Nach kurzer Zeit fließt sie jedoch ausgeglichen und harmonisch. Somit kann man auch die Aura unserer Mutter Erde reinigen. Wenn Du Dich allen sechs Zwergen und ihren Lichtsäulen zusammen öffnest, sorgt diese Energie dafür, dass Du während der Meditation fortlaufend gereinigt wirst und somit bereit bist, in eine höhere Schwingung aufzusteigen.

Du lernst, mit dieser Energie Deine wahre Größe anzuerkennen und Deinen Lichtkörper wahrzunehmen. Diese Lichtsäule enthält Deine Energie und somit hilft sie Dir sie zu nutzen und anzunehmen.

Der Zwerg, der für diese Lichtsäule verantwortlich ist, heißt Dymon.

Einstimmung in die Energie von Dymon dem Zwerg und der durchsichtig-glitzernden Lichtsäule

Setze oder lege Dich bequem hin.
Lege Deine Hände auf Dein Herzchakra
und sprich geistig 3x:

*„Ich öffne mich der Energie von Dymon dem Zwerg
und seiner durchsichtig-glitzernden Lichtsäule.“*

Spüre in Dankbarkeit wie die Energie über
Dein Kronenchakra in Deinen Körper
und Dein gesamtes Energiefeld fließt.

Energieaufnahme: So lange Du das Bedürfnis danach
verspürst. Höre auf Deine Innere Stimme.
Bedanke Dich.

Die silberne Lichtsäule

Sieh steht für die Verbundenheit von Mutter Erde und dem Göttlichen. Mit der Energie dieser Lichtsäule kann den Menschen geholfen werden, die Verbindung zwischen dem Göttlichen und der Erde wieder herzustellen. Ich nehme sie als eine ausdehnende, harmonisierende Energie wahr. Wenn ich hineintrete, bin ich die silberne

Lichtsäule. Dadurch wird die Verbindung zu Gott bewusst. Sie ist auch sehr wichtig für Mutter Erde. Diese Energie hilft uns ebenfalls, den göttliche Funken in jedem einzelnen wieder zu erkennen und zum Glühen zu bringen.

Der Zwerg, der für diese Lichtsäule verantwortlich ist, heißt Louis.

Einstimmung in die Energie von Louis dem Zwerg und der silbernen Lichtsäule

Setze oder lege Dich bequem hin.
Lege Deine Hände auf Dein Herzchakra
und sprich geistig 3x:

*„Ich öffne mich der Energie von Louis dem Zwerg
und seiner silbernen Lichtsäule."*

Spüre in Dankbarkeit wie die Energie über
Dein Kronenchakra in Deinen Körper
und Dein gesamtes Energiefeld fließt.

Energieaufnahme: So lange Du das Bedürfnis danach
verspürst. Höre auf Deine Innere Stimme.
Bedanke Dich.

Meditation mit den Zwergen

Öffne Dich zuerst allen Zwergen und ihren Lichtsäulen. Erst wenn alle Zwerge und ihre Lichtsäulen erschienen sind, trete vor die Lichtsäule, in die Du gehen möchtest. Öffne Dich dann der Energie dieses Zwerges und seiner Lichtsäule.

Setze oder lege Dich bequem hin.
Lege Deine Hände auf Dein Herzchakra
und sprich geistig 3x:

*„Ich öffne mich der Energie von allen Zwergen
und ihren Lichtsäulen.“*

Spüre in Dankbarkeit wie die Energie über
Dein Kronenchakra in Deinen Körper
und Dein gesamtes Energiefeld fließt.

Nun wähle einen Zwerg und seine Lichtsäule
und sprich geistig 3x:

*„Ich öffne mich der Energie von.........dem Zwerg
und seiner.......... Lichtsäule.“*

Energieaufnahme: So lange Du das Bedürfnis danach
verspürst. Höre auf Deine Innere Stimme.
Bedanke Dich.

Horche auf Dein Inneres, welchem Zwerg und seiner Lichtsäule Du Dich beim Meditieren öffnen sollst - Du kannst nichts falsch machen - vertraue Dir!

Stelle Dir vor, wie die Lichtsäule vor Dir erscheint. Nehme den Zwerg, der neben der Lichtsäule steht, wahr.
Spüre die Energie der Lichtsäule. Erlaube ihr, dass sie Dich umhüllt. Wenn es für Dich einfacher ist, kannst Du Dir auch vorstellen, wie Du in sie hinein gehst.

Genieße einfach die Energie und lasse Dich treiben wie ein Windhauch, der ein Blatt sanft in der Luft schweben lässt.

Wenn Du mit den Zwergen zu meditieren beginnst, nimmst Du mit der Zeit ihre Botschaften wahr. Sei es in Form von Gedanken oder einer inneren Stimme, die Du vernimmst. Sei dankbar für die Botschaft und die Energie, die durch Dich fließt. Die Zwerge wünschen sich nur von uns, dass wir ihnen unsere Liebe senden. So findet ein energetischer Ausgleich statt - in Liebe und Frieden!
Nachdem Du meditiert hast, bedanke Dich bei dem Zwerg und seiner Lichtsäule.

Hier die Vorgehensweise, wenn Du einer anderen Person eine Energie senden möchtest. Lass Dich von Deinem Inneren führen, welche Energie Du senden sollst.

Energiesendung für andere

Setze oder lege Dich bequem hin.
Lege Deine Hände auf Dein Herzchakra
und sprich geistig 3x:

„Ich bitte um Schutz und um Führung und dass ich Kanal sein darf für die Energie von .... dem Zwerg und seiner ....Lichtsäule."

Spüre in Dankbarkeit wie die Energie durch
Deinen Körper zu der anderen Person fließt.

Energieübertragung:
So lange wie Dir Deine innere Führung rät.
Bedanke Dich.

Die spontane Hilfe der Zwerge

Ihr müsst nicht immer meditieren, damit Euch die Zwerge helfen - Ihr könnt sie auch spontan um Hilfe bitten:

Jack
Er steht Euch bei leichten Verletzungen zur Seite. Z.B.: Wenn ein Kind sich die Knie aufgeschürft hat oder Du Dich geschnitten hast.

Vincent
Er hilft Euch, die Naturdevas wahrzunehmen. Ihr werdet sie mit dem dritten Auge wahrnehmen, wenn für Euch der richtige Zeitpunkt gekommen ist.

Sebastian
Ihn kannst Du rufen, wenn Du das Gefühl hast, den Boden unter den Füssen zu verlieren. Er hilft Dir sofort, und Du bist wieder gut geerdet.

Minosch
Oft erkennst Du, dass Du soeben Karma geschaffen hast (z.B. bei einem Gespräch mit Kollegen). Nun kannst Du Minosch bitten, dass er dieses direkte Karma sofort auflöst.
Mit der Zeit spürst Du auch, mit welchen Menschen du noch Karma hast. Das erkennst Du bei zwischenmenschlichen Beziehungen daran, dass irgendetwas nicht stimmig ist. Auch hierbei hilft Euch Minosch, es zu lösen.

Dymon
Bitte Zwerg Dymon, Dein Aurafeld zu reinigen, wenn Du spürst, dass Du schlechte Energien aufgenommen hast.

Louis
Ihn kannst Du um Hilfe bitten, wenn Du nicht in Deiner Mitte bist oder die Verbindung zum Göttlichen verloren hast. Er hilft Dir auch bei Unsicherheit oder Nervosität. Er hilft Dir, dass Du wieder selbstsicher und bewusst auftreten kannst.

Vergiss bitte nicht, Dich immer bei den Zwergen für ihre Hilfe zu bedanken und ihnen - so oft Du daran denkst - Deine Liebe zu senden.

Meditation von Louis dem Zwerg

Setze oder lege Dich hin.
Schließe Deine Augen, lege Deine Hände auf Dein Herzchakra und atme 3x tief durch.
Öffne Dich nun der Energie der Zwerge und sprich geistig 3x:

„Ich öffne mich der Energie von allen Zwergen und ihren Lichtsäulen."

Stelle Dir vor:

» Du stehst auf einer wunderschönen Wiese in einem Tal. Neben Dir fließt ein ruhiger Bach. Berge und Bäume sind wahrnehmbar. Die Farben der Natur sind sehr lebendig.

Gehe nun in Richtung der Mündung an dem fließenden Bach entlang. Achte auf die verschiedenen Naturdevas. Elfen und Feen fliegen durch die Luft. Kobolde, Gnome und Zwerge tanzen vor Freude, dass Du ihr Reich betreten hast.

Weiter vorne siehst Du einen Wald und gehst auf ihn zu. Dort angekommen, spazierst Du gemütlich den Waldweg entlang. - Genieße die Energie! - Der Weg führt Dich an einen Höhleneingang, vor dem Louis der Zwerg in Er-

wartung Deiner Ankunft steht. Er begrüßt Dich. Folge ihm in die Höhle. Die Decke ist durch tausende, verschieden farbige Edelsteine beleuchtet. Diese glitzern und funkeln so intensiv, dass die Höhle in den verschiedenen Farben hell erstrahlt. Du folgst einem weißen Licht und betrittst den Raum, aus dem dieses Licht leuchtet. Louis führt Dich in die Mitte des Raumes. Dort bleibst Du stehen. Er stellt sich hinter Dich. Vor Dir erscheint die weiß-goldene Lichtsäule, neben der Jack steht. Links von ihr befindet sich die grüne Lichtsäule, daneben Vincent. Rechts von ihr die rote Lichtsäule, daneben Sebastian. Rechts hinter Dir erstrahlt die blaue Lichtsäule, daneben steht Minosch und links hinter Dir funkelt die durchsichtig-glitzernde Lichtsäule, daneben befindet sich Dymon. Hinter Dir erhellt die silberne Lichtsäule, neben der Louis steht, den Raum. - Genieße die Energie, die nun enstanden ist. Trete jetzt in eine Lichtsäule ein. Lass Dich von ihrer Energie erfüllen. Die Energie wirbelt sanft wie eine Spirale um Dich herum. Lass Dich einfach treiben und genieße es. Wenn Du spürst, dass Du genügend mit dieser Energie gefüllt bist, trete hervor und bedanke Dich bei dem zuständigen Zwerg und seiner Lichtsäule. Louis führt Dich wieder aus der Höhle. Gehe den Weg durch den Wald entlang des Baches zurück. Lege Dich noch auf die Wiese und lasse das Geschehene in Dir wirken.
Öffne Deine Augen und strecke Dich. «

Louis der Zwerg hat mir während der Meditation noch folgende Botschaft zukommen lassen: Wenn Du das nächste Mal im Wald spazieren gehst, sollst Du Dir vorstellen, wie Du in der Farbe der Lichtsäule leuchtest, in die Du eingetreten warst. Außerdem sollst Du Dich noch der Energie von den Zwergen öffnen, damit sie Dich in der Natur erkennen.

Es ist sehr gut, wenn Du ein Tagebuch für Deine Meditationen führst. Schreibe Dir darin jede Botschaft oder Bewusstwerdung auf. So wirst Du schnelle Bewusstseinsschritte machen. Durch die Energiearbeit mit den Zwergen und ihren Lichtsäulen erfährt Dein grob- und feinstofflicher Körper eine Reinigung. Das heißt, dass sich Blockaden durch Bewusstwerdung transformieren. Wenn Du nun beginnst, mit der Energie der Zwerge zu arbeiten, ist es besser, eine Lichtsäule nach der anderen zu betreten. Auch solltest Du Dich nicht an einem Tag in alle Lichtsäulen begeben. Diese Reinigung, die du sonst spüren würdest, wäre zu heftig. Seid Euch bewusst, dass jede Reinigung Euch dem Göttlichen näher bringt.

Als ich begann, dieses Buch zu schreiben, wurde auch ich sehr gereinigt. Am Anfang hatte ich starke Minderwertigkeitsgefühle. Ich dachte, ich werde es nie zustande bringen, dieses Buch zu schreiben. Auch überlegte ich mir, wie wohl die Leute über mich denken, wenn sie dieses Buch lesen - vor allem - was sagen meine Verwandten!? Aber wie jede Reinigung verflog auch diese, und es ist wunderschön mit den Zwergen zu arbeiten. Es ist auch nicht wichtig, was andere Menschen denken. Wichtig ist, dass Du Deinen Weg gehst, der für Dich bestimmt ist. Dies öffnet Dir das Tor zur Göttlichkeit. Ab und zu spüre ich beim Meditieren einen Druck im dritten Auge - mein Stirnchakra wird gereinigt.
Lasse jede Reinigung, die Du verspürst, geschehen.

Ein besonderer Spaziergang durch den Wald

Es war ein sonniger Herbsttag, als ich beschloss, mit meinen Zwillingen durch den Wald zu spazieren.

Wir gingen den Feldweg entlang Richtung Wald. Maurice und Dennis waren wissbegierig und stellten viele interessante Fragen. Da kam mir in den Sinn, was Louis gesagt hatte: „Öffnet Euch der Energie der Zwerge, wenn Ihr in den Wald geht und stellt Euch vor, wie Ihr in der Farbe leuchtet, in der Ihr eingetreten ward.“ Also stimmte ich mich in die Energie der Zwerge ein und stellte mir vor, wie ich einen weiß-goldenen Mantel anzog. Sofort spürte ich, wie sich die Energie veränderte. Eine Woge tiefen, inneren Friedens durchfloss mich. Die Jungs waren beschäftigt, sie beobachteten die Pferde auf der Weide. So hatte ich einen ungestörten Augenblick, um den Waldrand genauer in Augenschein zu nehmen. Er war traumhaft schön! Noch nie sah ich den Wald so lebendig! Die Energien der Bäume und Sträucher waren intensiv wahrnehmbar. Es war, als eröffnete sich mir ihr Geist.

Meine Augen fingen an zu schwitzen. Die Schönheit, die ich wahrnehmen durfte, berührte mich im Innersten meiner Seele. Das muss der Zugang zur Natur sein, der in jedem von uns schlummert.

Die Jungen wollten jetzt wieder meine Aufmerksamkeit. So war ich voll mit ihnen beschäftigt, als wir uns dem Waldeingang näherten. Meine Gedanken waren ganz bei den Kindern, als ich in den Wald eintreten wollte. Aber der Wald und seine Bewohner forderten meine Aufmerksamkeit. An der Waldgrenze lief ich wie gegen eine Wand. Ich blieb abrupt stehen. Tatsächlich war ich gegen eine energetische Wand gelaufen. Jetzt wurde mir bewusst, dass die Zwerge wollten, dass ich meine Aufmerksamkeit wieder auf sie lenkte - erst dann konnte ich den Wald betreten. „ Mami, was hast Du?“ fragten die Buben besorgt. Es muss wohl komisch ausgesehen haben, als ich in die energetische Wand lief. Ich erklärte ihnen, dass der Wald und die Zwerge wollen, dass wir sie mit unseren Herzen wahrnehmen. Das machte ihnen Spaß! Sie schauten hinter jeden Baum, ob irgendwo in der Nähe der Wurzeln ein Zwerg versteckt sei. So schlenderten wir gemütlich durch den Wald. Alles war voller Leben. Die Bäume strotzten vor Kraft und ich nahm die Einheit wahr, die sie bilden. Es kam mir vor, als ob mich Hunderte von Augen beobachteten. Obwohl ich schon ein paar Mal durch den Wald spazieren gegangen war und immer wieder die Bäume und die Natur bewunderte, war es noch nie so eindrucksvoll und ergreifend gewesen. Mir wurde bewusst, dass die Zwerge mir dies alles ermöglichten. - Danke -

Nehmt die Botschaft von Louis wahr und tretet bewusst in die Natur ein. Sie wird sich Euch von der wunderbarsten und mystischen Seite zu erkennen geben. Ihr dürft nie vergessen, dass Eure Seele dies alles gespeichert hat. Es ist alles nur ein Wiedererkennen. Vertraut Euch den Zwergen an und der Natur.

Der geheimnisvolle Vater Zwerg

Arubin teilte mir eines Abends mit, dass er für mich eine Botschaft erhalten habe, ich solle mich in alle Zwerge und ihre Lichtsäulen einstimmen. Sie wollen mir etwas in der sechsten Dimension zeigen. Also setzte ich mich bequem hin und fing an, mich ihrer Energie zu öffnen. Alle Zwerge erschienen um mich. Vor mir Jack mit der weiß-goldenen Lichtsäule. Links von ihm Vincent mit der grünen Lichtsäule und rechts von ihm Sebastian mit der roten Lichtsäule. Rechts hinter mir stand Minosch mit der blauen Lichtsäule und links hinter mir Dymon mit der durchsichtig-glitzernde Lichtsäule. Hinter mir erschien Louis mit der silbernen Lichtsäule. Die Energie, die entstand, war einfach gesagt wieder himmlisch. Louis gab mir zu verstehen, dass ich meine Energie anheben müsse, um in die sechste Dimension aufzusteigen. Er erklärte mir auch, wie ich das machen solle.

Als erstes musste ich in die rote Lichtsäule eintreten, um gut geerdet zu sein. Die Energie war sehr schön und ich bekam heiße Füße. Ich nahm eine sehr kräftige, rote Spirale wahr, die um mich herum wirbelte. Als ich genug geerdet war, verließ ich die rote Lichtsäule.

Louis gab mir zu verstehen, ich solle mich nun mit der grünen Lichtsäule verbinden, um das Herz zu öffnen. Also betrat ich die grüne Lichtsäule. Sofort kreiste um mich herum eine grüne Spirale. Sogleich erfüllte mich eine Woge der Liebe. Als sich mein Herzchakra geöffnet hatte, verließ ich auch diese Lichtsäule wieder. Nun sollte ich mich mit der blauen Lichtsäule verbinden, um Karma aufzulösen. Dies sei wichtig, wenn man in höhere Dimensionen aufsteigen will. Denn dort gibt es kein Karma, sondern nur Liebe und Licht.

Also trat ich in die blaue Lichtsäule ein. Auch hier war ich umgeben von einer Spirale aus blauem Licht. Ausgeglichenheit durchdrang meinen Körper. Auch diese Lichtsäule verließ ich wieder, um mich mit der durchsichtig-glitzernden Lichtsäule zu verbinden. Sie reinigte mich auf jeder meiner vier Körperebenen. Die anfangs sehr heftige Energie, welche durch die durchsichtig-glitzernde Spirale entstand, wurde später harmonisch. Als ich mich gut zentriert fühlte, ging ich aus der Lichtsäule heraus und Louis gab mir schon die nächste Anweisung.

Jetzt war die weiß-goldene Lichtsäule an der Reihe. Sie sorgte dafür, dass sich mein Kronenchakra dem Göttlichen öffnet. Auch in dieser Lichtsäule wurde ich von einer Spirale erfasst. Sie war aus weiß-goldenem Licht. Hier spürte ich, wie an meinem Kronen- und Stirnchakra gearbeitet wurde. In diesen Chakras empfand ich einen heftigen Druck. Als dieser nachließ, stieg ich aus der Lichtsäule. Nun begab ich mich in die silberne Lichtsäule von Louis. Er erklärte, diese Energie würde meine Verbindung von Mutter Erde und dem Göttlichen verstärken. Es war wieder ein sehr schönes Erlebnis, in die silberne Lichtsäule einzutreten. Ich fühlte mich eins mit ihr.

Louis gab mir zu verstehen, ich solle nun in die Mitte gehen. Jetzt würden sich alle Lichtsäulen mit mir verbinden. Wenn ich dazu bereit wäre, solle ich die Zwerge darum bitten, dass sie mich mit ihrer Lichtsäule einhüllen. So bat ich jeden Zwerg einzeln um die Energie seiner Lichtsäule. Zuerst kam die weiß-goldene Lichtsäule von Jack, dann die rote von Sebastian, danach die grüne von Vincent, die blaue von Minosch, die durchsichtig-glitzernde Lichtsäule von Dymon und dann die silberne von Louis. Die entstandene Energie war unglaublich! Es fällt mir sehr schwer, sie zu beschreiben. Ich fühlte mich äußerst leicht - wie in einem Schwebezustand.

Die Energien der verschiedenen Lichtsäulen verschmolzen ineinander und begannen, gegen den Uhrzeigersinn um mich zu kreisen. Ich bemerkte, wie die Zwerge außerhalb der Lichtsäulen einen Kreis um mich bildeten und im Uhrzeigersinn um mich tanzten.

Es war unglaublich, ich schien immer höher zu schweben. Es war ein tolles und himmlisches Gefühl. Die Energie erhöhte sich mehr und mehr. Ich hatte das Gefühl, über meinem Körper zu schweben, dass heißt, ich nahm meinen Lichtkörper sehr genau wahr. Obwohl ich mir des physischen Körpers voll bewusst war, konnte ich ihn nicht bewegen. Es war sehr eindrucksvoll, sich so leicht zu fühlen und im göttlichem Licht zu erstrahlen. Ich war einfach glückselig und ein tiefer, innerer Frieden erfüllte mein Wesen.

So ließ ich mich einfach von der Energie der Zwerge und der göttlichen Macht treiben. Es war wunderschön und ich genoss diese Leichtigkeit.

Plötzlich bemerkte ich, dass ich auf einer goldenen Wiese stand. Jetzt befand ich mich mit meinem Lichtkörper in der sechsten Dimension.

» Es ist so friedlich und harmonisch. Die Wiese leuchtet in purem Gold, Grashalme bewegen sich sanft hin und her, obwohl kein Windhauch wahrzunehmen ist. Von der Schönheit der Wiese überwältigt, schlendere ich einfach geradeaus, ohne bestimmtes Ziel, denn ich weiß noch nicht, was ich hier wunderbares erleben darf. Es taucht vor mir wie aus dem Nichts eine weiß leuchtende Pyramide auf. Geblendet von dem leuchtenden Licht gehe ich auf die Pyramide zu. Ihre Energie ist sehr kraftvoll. Mir wird bewusst, dass ich in die Pyramide eintreten darf. Sie hat keinen Eingang und so mache ich mit ein wenig Ehrfurcht einen Schritt durch die Wand in die Pyramide - und schon befinde ich mich in ihrem Inneren! Das ist einfach gigantisch! Ich stehe auf einem Glasboden und erkenne, dass die Pyramide sich ebenso nach unten wie auch nach oben erstreckt. Langsam gehe ich in die Mitte und kann nur noch staunen.
Die Pyramide erstrahlt in einem weiß leuchtenden Licht, das so hell ist, dass man auf allen Seiten hindurch sehen

kann. Ich blicke durch den Glasboden und den unter mir liegenden Spitz der Pyramide auf unsere Mutter Erde hinunter. Da darf ich folgende Botschaft empfangen: „An dem Ort, an dem Du Dich jetzt befindest, ist die Verbindungspyramide der sechsten Dimension. Sie erstrahlt hier, um der Mutter Erde die Energie zu senden, die sie für den Aufstieg benötigt. Je mehr Menschen sich bewusst werden, dass die Erde aufsteigen will und viele verschiedene Lichtwesen den Menschen und der Erde Licht senden, desto mehr Energie kann die Pyramide zur Erde leiten. Stelle Dir die Funktion der Pyramide wie die Schwerkraft der Erde vor. Die Energie der Pyramide ist die Anziehungskraft, so dass die Erde in die fünfte Dimension aufsteigen kann."
„Wieso befindet sich die Pyramide in der sechsten Dimension, wenn die Erde in die fünfte aufsteigen will?" frage ich.
„Die Energie, welche die Erde anzieht, muss höher sein, da sonst der Ausgleich fehlt. Durch diese Verbindung zur sechsten Dimension können die Menschen die Dimensionen wechseln. Das bedeutet, sie können zwischen der fünften und sechsten Dimension hin und her pendeln."
In meinen Gedanken über die mitgeteilte Botschaft versunken, stelle ich erstaunt fest, dass vor mir ein Zwerg erschienen ist.

Er sieht irgendwie anders aus als die Zwerge, die ich bis jetzt wahrnehmen durfte. Er hat einen schneeweißen, langen Bart, trägt eine weiße Mütze und ist in einen hellgelben Rock gekleidet. Er vermittelt mir den Eindruck, dass er sehr alt und weise ist. Seine Ausstrahlung ist äußerst liebevoll. Er begrüßt mich und ich erkenne, dass die

Botschaft, die ich zuvor bekommen habe, von ihm kam. Ich bedanke mich mit einer leichten Verneigung. Er gibt mir zu verstehen, dass er sehr erfreut ist, dass ich eine meiner Aufgaben hier auf Erden erkannt habe und die Energie der Zwerge den Menschen bewusst mache.
„Werde ich alle Geheimnisse der Zwerge niederschreiben?“ frage ich den weisen Zwerg.
„Ja, und jeder Mensch, der mit dieser Energie zu arbeiten beginnt, erkennt seine Aufgabe und somit werden ihm die Geheimnisse der Zwerge bewusst, die für seinen Weg bestimmt sind. Du lernst vor allem die Energien der Zwerge kennen, um immer höher aufsteigen zu können und den Menschen dadurch den Aufstieg zu ermöglichen. Vergiss nicht die Mutter Erde und mache den Menschen bewusst, dass jeder einzelne für die Erde verantwortlich ist.“
Natürlich möchte ich wissen, wie dieser geheimnisvolle Zwerg heißt und so frage ich ihn nach seinem Namen. Ich strenge mich so sehr an, doch ich kann nur den Buchstaben L wahrnehmen. Und so darf ich ihn einfach Vater Zwerg nennen. Mit einem herzlichen Dankeschön verlasse ich diese wunderbare Pyramide und weiß, dass ich jederzeit wieder zu ihr zurückkehren kann. Langsam schreite ich über die goldene Wiese und genieße einfach diese himmlische Energie. Plötzlich befinde ich mich wieder in der Spirale der ineinander verschmolzenen sechs Lichtsäulen und auch die Zwerge tanzten immer noch um mich herum. Nun begeben sie sich an ihren ursprünglichen Platz zurück und die Lichtsäulen trennen sich wieder, um ihren Platz neben dem Zwerg einzunehmen. Voller Liebe bedanke ich mich bei jedem einzelnen

Zwerg und seiner Lichtsäule für diesen wundervollen Ausflug in die sechste Dimension. «

Ziemlich müde, doch ein wenig aufgeregt, erzählte ich mein Erlebnis noch Arubin, bevor wir zu Bett gingen.

Diese Meditation kannst auch Du machen, wenn Du dazu bereit bist. Vergiss aber bitte nicht, bevor Du Dich mit allen Zwergen und ihren Lichtsäulen verbindest, solltest Du Dich jeder einzelnen schon mal geöffnet haben. Sonst ist die Energie zu stark und somit die Reinigung zu heftig für Dich.
Bei dieser Meditation mit den Energien aller Zwerge und ihren Lichtsäulen lasse Dich einfach führen, wohin sie Dich geleiten oder in welche Dimension Du schweben sollst. Sei Dir bewusst, dass Du genau das erleben wirst, was für Deinen Weg bestimmt ist.
Um es Dir zu erleichtern, werde ich Dir die Meditationen in genauen Schritten aufschreiben.

Der Name von Vater Zwerg

Als ich das nächste Mal meditierte und mich mit allen Energien verband, war ich sehr müde und genoss einfach nur die Energie. Plötzlich tauchten vor mir alle Zwerge auf und in der Mitte stand Vater Zwerg.
Etwas erstaunt begrüßte ich jeden einzeln mit Namen und da geschah es einfach: Ich begrüßte Vater Zwerg mit seinem Namen, Lourdin, so als hätte ich ihn schon immer gewusst! Seht Ihr, es ist besser, einfach alles auf sich zu kommen zu lassen, als angestrengt zu versuchen, etwas zu erreichen.

Meditation mit den Energien aller Zwerge und ihren Lichtsäulen

1. Setze oder lege Dich bequem hin.
2. Lasse Dein Inneres zur Ruhe kommen und atme 3x tief durch.
3. Öffne Dich wie schon beschrieben den Energien der Zwerge und ihren Lichtsäulen.
4. Stelle Dir vor, wie vor Dir die weiß-goldene Lichtsäule erstrahlt und neben ihr Zwerg Jack steht.
5. Danach erstrahlt links von ihr die grüne Lichtsäule mit Zwerg Vincent.
6. Nun erstrahlt rechts von ihr die rote Lichtsäule mit Zwerg Sebastian.
7. Stelle Dir weiter vor, wie rechts hinter Dir die blaue Lichtsäule mit Zwerg Minosch erstrahlt.
8. Links hinter Dir erscheint die durchsichtig-glitzernde Lichtsäule mit Zwerg Dymon.
9. Hinter Dir erstrahlt die silberne Lichtsäule mit Zwerg Louis.
10. Genieße nun einfach die wunderbare Energie, die entstanden ist.
11. Verbinde Dich zuerst mit der roten Lichtsäule und Zwerg Sebastian. Lasse die Energie solange durch Dich fließen, bis Du das Gefühl hast, gut geerdet zu sein.
12. Verbinde Dich nun mit der grünen Lichtsäule und Zwerg Vincent. Lasse diese Energie solange durch Dich fließen, bis Du das Gefühl hast, dass Dein Herzchakra geöffnet ist.

13. Verbinde dich nun mit der blauen Lichtsäule und Zwerg Minosch. Lasse diese Energie solange durch Dich fließen, bis Du wahrnimmst, dass du leichter geworden bist.
14. Verbinde Dich nun mit der durchsichtig-glitzernde Lichtsäule und Zwerg Dymon. Lasse die Energie solange durch Dich fließen, bis Du das Gefühl hast, dass Du genug gereinigt bist.
15. Verbinde Dich nun mit der weiß-goldenen Lichtsäule und Zwerg Jack. Lasse die Energie solange durch Dich fließen, bis Du spürst, dass sich Dein Kronenchakra geöffnet hat.
16. Verbinde Dich nun mit der silbernen Lichtsäule und Zwerg Louis. Lasse diese Energie solange durch Dich fließen, bis Du die Verbundenheit zwischen der Mutter Erde und dem Göttlichen wahrnimmst.
17. Stelle Dir vor, wie Du nun wieder in der Mitte der Lichtsäulen und der Zwerge stehst. Bitte nun die Zwerge, dass sie Dich in die Lichtsäulen einhüllen.
18. Zuerst kommt die weiß-goldene, danach die rote, die grüne, die blaue, die durchsichtig-silberne und zum Schluss die silberne Lichtsäule.
19. Nimm nun wahr, wie die Energien der Lichtsäulen ineinander verschmelzen und gegen den Uhrzeigersinn um Dich herum wirbeln.
20. Nimm wahr, wie die Zwerge um Dich und die Lichtsäulen einen Kreis bilden, sich die Hände reichen und im Uhrzeigersinn um Dich herum tanzen.
21. Genieße jetzt einfach die Energie und lass geschehen, was für Dich bestimmt ist. Wenn Du die Meditation beendest, bedanke Dich bei den Zwergen und ihrer Lichtsäulen, indem Du ihnen Liebe sendest.

Wie ich die Zwerge wahrnehme

Die Zwerge erscheinen mir immer als sehr lichtvolle Wesen. Ihre Aura erstrahlt so hell, dass ich die Farben ihrer Gewänder nur in Pastelltönen erkennen kann. Um sie genauer zu definieren, muss ich mich ausschließlich auf die Farben und die Zwerge konzentrieren. Es kann gut möglich sein, dass Du die Zwerge anders wahrnimmst, denn die Geistige Welt zeigt sich uns immer so, wie es für jeden Einzelnen richtig ist.

Jack sehe ich in einer hellgrünen Kutte, gelber Mütze und Hose. Das Gesicht ist nicht exakt zu erkennen und wie alle Zwerge hat er einen weißen Bart und blickt sehr liebevoll und gütig.
Sebastian nehme ich in einer hellgelben Kutte wahr, rote Mütze und Hose. Vincent ist in einer hellgelben Kutte, grüner Mütze und Hose gekleidet. Minosch trägt eine hellgelbe Kutte, blaue Mütze und Hose. Dymon nehme ich in einer hellgrünen Kutte, weiße Mütze und Hose wahr. Louis hat eine hellgrüne Kutte, rote Mütze und Hose an.

Die Zwerge sind äußerst sensible und sanftmütige Wesen. Sie freuen sich sehr, wenn man mit ihnen und ihrer Energie arbeitet. Auch wenn ich mich auf eine andere Energie einstimme, zum Beispiel die Energie der Engel, nehme ich trotzdem die Zwerge wahr, wie sie mich mit ihrer Energie unterstützen. Ich freue mich immer über ihre Anwesenheit. Wenn ich bei einer anderen Person die Energien fließen lasse, nehme ich wahr, wie sie um uns tanzen. Interessant ist auch zu beobachten, dass sie ihre Energie im Hintergrund halten, wenn ich mit einer anderen Energie arbeite. Es sind sehr liebevolle Freunde für mich geworden - lieben Dank an alle Zwerge.

Die Verbundenheit der Lichtsäulen zu höheren Wesen

Arubin und mir wurde bewusst, dass die Zwerge eine Verbundenheit mit höheren Wesen haben. Dies erkannten wir in den Meditationen mit den Energien der Zwerge und ihren Lichtsäulen immer genauer.

Durch das Arbeiten mit den Zwergen bewegt Ihr Euch langsam in eine höhere Dimension, in der Ihr Schritt für Schritt das zulassen könnt, was für Euch bestimmt ist. Die Zwerge begleiten Euch immer in die höhere Dimensionen. Somit nehmt Ihr stets nur soviel wahr, wie in Eurem Seelenvertrag vereinbart wurde. Es wird einige von Euch geben, die einfach nur mit den Zwergen und ihren Lichtsäulen arbeiten und andere wiederum, die sich zu den höheren Dimensionen hingezogen fühlen und somit beginnen, mit den Zwergen und ihren Lichtsäulen die höheren Wesen zu entdecken. Für jeden genau in der für ihn richtigen Art und Weise.

Ich werde über jeden Zwerg und seine Lichtsäule nun schreiben wie er zur höheren Dimension verbunden ist. Es gibt auch eine geführte Meditation, damit Du den höheren Wesen leichter begegnen kannst. Sei Dir bewusst, dass Du alles Erlebte zum Wohle der Menschheit und nicht zum eigenen Machtgefühl erleben darfst. Die höheren Dimensionen werden sich Dir verschließen, wenn Du nur um Deinen Aufstieg bemüht bist.

Das Geheimnis von Zwerg Sebastian und seiner roten Lichtsäule

Als ich mich der Energie von Sebastian und seiner roten Lichtsäule öffnete, geschah etwas wunderbares. Die rote Lichtsäule umhüllte meinen Körper. Die Energie wirbelte um mich herum und ich spürte, wie ich geerdet wurde. Plötzlich stand die Lichtsäule still, sie wirbelte nicht mehr um mich herum, sondern erstrahlte einfach in ihrem roten Licht. Das rote Licht schien sich endlos in den Himmel zu erstrecken. Da geschah es, ich wurde ganz leicht und es zog mich hinauf durch die rote Lichtsäule. Es war ein wundervolles, beflügeltes Erlebnis. Ich genoss einfach die Leichtigkeit und schwebte immer höher. Zwerg Sebastian schwebte neben mir. Er fing an, immer heller zu erstrahlen. Nun stellte ich fest, dass auch ich immer heller leuchtete - einfach unbeschreiblich! Als ich nun ganz langsam hinaufglitt, konnte ich wahrnehmen, wie ich in eine Kugel gelangte. Diese erstrahlte in einem hellen Rot. Die Energie war sehr harmonisch und mit einer Göttlichkeit erfüllt, die man nicht beschreiben kann. Zwerg Sebastian befand sich neben mir. Ich bedankte mich bei ihm mit einer leichten Verbeugung für diese wunderschöne Reise. Da stellte er sich hinter mich und legte mir die rechte Hand zwischen meine Schulterblätter, die linke Hand auf meinen Hinterkopf. Eine riesige Energiewelle durchflutete mich. Ich sah, wie vor mir ein wunderbarer Engel erschien. Die rote Farbe des Raumes schien intensiver zu leuchten. Der Engel erfüllte den ganzen Raum. Er erstrahlte in einem weiß-goldenen Licht, hatte fein gegliederte Flügel und der Lichtkörper war so hell, dass ich keine Einzelheiten erkennen konnte. Die Energie, die von diesem wunderbaren Engel ausging, war sehr kraftvoll und so feurig wie der rot leuchtende Raum. „Das ist Erzengel Uriel", vernahm ich von Sebastian. „Er hilft uns, neue Taten umzusetzen." Ich begrüßte Erzengel Uriel und schon nahm ich seinen Gruss in Form einer wunderbaren Energiewelle wahr, die durch mich floss. Während ich die Energie, die entstanden war, genoss, wurde mir bewusst, dass jeder von uns in diese Kugel kommen kann, sofern er dazu bereit ist.

Zwerg Sebastian begleitet jeden durch seine Energie, damit er Erzengel Uriel begegnen kann. Erzengel Uriel empfängt jeden, der seine Unterstützung möchte. Wenn Du in dieser roten Lichtkugel zusammen mit Sebastian und Erzengel Uriel meditierst, werden viele neue Dinge in Dein Leben treten, die Du nach Deinem Seelenvertrag verwirklichen sollst. Falls Du damit ein Problem hast oder das Gefühl, Du bleibst in Deiner Entwicklung stehen, gehe mit Sebastian zur roten Lichtkugel und bitte Erzengel Uriel um seine Hilfe. Meditiere etwa zehn Minuten mit dieser Energie, wenn Du möchtest, natürlich auch länger. Es kann sein, dass Du während der Meditation eine Botschaft erhältst und Dir klar wird, was Du tun sollst. Es kann aber auch sein, dass die richtige Lösung oder die Antwort erst ein paar Tage danach kommt.

Also genoss ich diese wunderbare Energie einfach noch und bedankte mich dann bei Erzengel Uriel. Jetzt war ich bereit, um wieder hinabzuschweben, und so ließ ich mich einfach in die rote Lichtsäule fallen und schwebte sanft in Begleitung von Zwerg Sebastian hinunter. Fast unbemerkt kam ich zum Stillstand und Sebastian befand sich außerhalb der Lichtsäule. Die rote Lichtsäule wirbelte wieder um mich herum, um mich zu erden. Als ich wieder auf Erden war, trat ich aus der Lichtsäule hervor und bedankte mich bei ihr und Zwerg Sebastian für dieses wundervolle Erlebnis.

Während dieser Meditation kannst Du Erzengel Uriel Fragen über Dein Leben stellen oder über ein bestimmtes Projekt, bei dem Du nicht weiter kommst. Ist Dir der höhere Sinn Deines Lebens noch nicht bekannt, unterstützt Dich ebenfalls Erzengel Uriel, dass Du diesen erkennst und auch leben kannst. Verliert bitte nie die Geduld, auch wenn es nicht immer gerade so einfach verläuft wie Ihr es gerne hättet. Es wird alles zu der Zeit in Euer Leben treten, wenn Ihr auch wirklich bereit dafür seid.

Meditation zum Erzengel Uriel

1. Setze oder lege Dich bequem hin.
2. Atme 3x tief durch.
3. Öffne Dich wie bereits beschrieben der Energie von Sebastian dem Zwerg und seiner roten Lichtsäule.
4. Nehme wahr, wie die rote Lichtsäule vor Dir erstrahlt und Zwerg Sebastian daneben steht.
5. Trete in die rote Lichtsäule ein und nehme ihre Energie wahr, die um Dich wirbelt.
6. Fühle, wie Du geerdet wirst. Spüre die Energie die von Deinen Füssen in die Mutter Erde strömt.
7. Wenn Du genug geerdet bist, erkenne, wie die rote Lichtsäule aufhört, um Dich zu wirbeln, bis sie ganz stillsteht.
8. Siehe nun die endlos nach oben verlaufende Lichtsäule.
9. Nehme wahr, wie Du beginnst, empor zu schweben. Es ist ein wunderbares, beflügeltes Gefühl. Lasse Dich einfach treiben.
10. Zwerg Sebastian schwebt neben Dir empor, immer höher und höher.
11. Nun erkennst Du eine rote Lichtkugel auf die Du nun langsam mit Zwerg Sebastian zuschwebst.
12. Du bist in der Kugel angekommen und sie erstrahlt in einem hellen Rot.
13. Genieße die entstandene Energie und lasse sie auf Dich wirken.
14. Sebastian steht nun hinter Dir und legt seine linke Hand auf Deinen Rücken zwischen die Schulterblätter und seine rechte Hand auf Deinen Hinterkopf.

15. Spüre und genieße die Energiewelle, die Dich durchflutet.
16. Siehe nun, wie vor Dir Erzengel Uriel erscheint.
17. Begrüße ihn und nehme seinen Gruss wahr.
18. Stelle eine Frage oder genieße einfach die himmlische Energie, solange Du möchtest.
19. Bedanke Dich bei Erzengel Uriel und lasse Dich in die rote Lichtsäule fallen.
20. Bemerke, wie Du hinunter schwebst und unten angekommen die rote Lichtsäule so lange um dich herum wirbelt, bis Du wieder geerdet bist.
21. Erst wenn Du wieder gut mit der Mutter Erde verbunden bist, trete aus der roten Lichtsäule hervor und bedanke Dich bei ihr und Zwerg Sebastian für dieses wunderbare Erlebnis.

Du kannst Dir die Meditation auch vorlesen lassen oder einfach eine Kassette besprechen. Sei Dir bewusst, dass auch diese Energie eine Reinigung auslösen kann. Verbinde Dich für die Zeit der Reinigung immer wieder mit Sebastian und seiner Lichtsäule, auch wenn es nur fünf Minuten sind. Die Reinigung geht so schneller vorüber.

Das Geheimnis von Zwerg Vincent und seiner grünen Lichtsäule

Arubin begleitete mich bei dieser Meditation. Ich erzählte ihm fortlaufend, was ich sah und was er tun soll. Wir öffneten uns der Energie von Vincent und seiner grünen Lichtsäule. Die grüne Lichtsäule erstrahlte vor mir und neben ihr stand Zwerg Vincent. Ich trat in die grüne Lichtsäule ein, und schon wirbelte die Energie gegen den Uhrzeigersinn um mich herum. Es war ein wunderschönes Gefühl, als sich das Herzchakra öffnete. Eine so liebevolle Energie begann zu fließen. Die grüne Lichtsäule drehte sich immer langsamer um mich, bis sie schließlich stillstand. Sie erstreckte sich endlos nach oben. Wieder schwebte ich empor und freute mich sehr auf das kommende Erlebnis.

Zwerg Vincent schwebte neben mir und so ließen wir uns immer höher treiben. Als ich langsamer wurde und fast zum Stillstand kam, erstrahlte eine weiße Tür in der Lichtsäule. Natürlich sollte ich durch diese Türe gehen. Ich öffnete sie und betrat eine atemberaubende Landschaft.

»Ich stehe auf einer satten, grünen Wiese. Alle Bäume und Sträucher sind in Grüntönen zu erkennen. Der Himmel, wenn ich es mal so benennen darf, glänzt in Gold. Gemütlich gehe ich über die Wiese und eine Woge der Liebe erfüllt mich. Zwerg Vincent begleitet mich. Die verschiedenen Naturdevas erstrahlen alle in einem weißen Licht. Sie scheinen mich zu begrüßen. Es ist unglaublich schön! Zwerg Vincent nimmt mich bei der Hand und führt mich über die Wiese zu einem Hügel, auf dem eine grüne Lichtkugel strahlt. Sie leuchtet und glitzert wie eine Seifenblase. Vincent führt mich direkt zu der Lichtkugel und gibt mir zu verstehen, dass ich eintreten soll. Diese Lichtkugel besteht aus purer Energie! Behutsam setze ich einen Fuß hinein. Sofort befinde ich mich in ihrem Inneren. Ich bin eins mit der Energie. Sie ist die reine Liebe und Harmonie. Es berührt mich so tief, dass es mir schwer fällt, dies in Worte zu fassen. Ich genieße diese Energie so lange, bis Zwerg Vincent mir seine linke Hand zwischen meine Schulterblätter und seine rechte Hand auf meinen Hinterkopf legt. Kaum zu glauben, die Energie wird noch intensiver! Die leuchtende Kugel glänzt noch mehr in ihrem Grün und jetzt erscheint auch noch ein Engel vor mir. Er ist pures, leuchtendes, weißes Licht, sodass ich nur die Umrisse zu erkennen vermag. Die Flügel sind total durchsichtig und riesengroß. Es ist Erzengel Bariel. Er hilft uns, das Herz für die Natur zu öffnen, damit wir sie wieder zu schätzen wissen und mit ihr und den Naturdevas in Harmonie leben. Um sie in voller Größe sehen zu können, hilft uns Erzengel Bariel, wenn wir uns in der Natur befinden. In Dankbarkeit verneige ich mich leicht vor Erzengel Bariel für die Botschaft - und es durchfließt mich eine Welle voller Liebe.

Etwas Wunderbares geschieht nun. Erzengel Bariel reicht mir mit seinen Lichthänden zwei wunderschöne, grüne Blätter, die er wie ein Herz in den Händen hält. Auf den Blättern befindet sich eine geöffnete Lotusblume, die er mir in mein Herzchakra legt. Es ist wunderschön - ich bin erfüllt von Liebe und Glückseligkeit. Hingebungsvoll genieße ich diese Einheit.

Plötzlich erkenne ich oben und unten ein Dreieck, bestehend aus weißem Licht. Sie verbinden sich mit einem weißem Lichtstrahl, der die Form der Dreiecke besitzt. „Stelle Dich in den Lichtstrahl. Das ist die göttliche Energie und Liebe, die Du empfangen darfst." Diese Worte vernehme ich ganz tief in meinem Inneren. Voller Ehrfurcht und Dankbarkeit trete ich in den göttlichen Lichtstrahl. Ich werde ganz leicht und fühle ein inneres nach Hause kommen. Dankbar genieße ich dieses wunderbare Geschenk des Himmels.

Langsam löse ich mich von der Lichtsäule und trete hinaus. Vor mir steht Erzengel Bariel und ich bedanke mich nochmals herzlich. Zwerg Vincent nimmt mich wieder bei der Hand und führt mich aus der grünen Lichtkugel hinaus in die Landschaft, die nun in einem noch satteren Grün erstrahlt. Er geleitet mich den Hügel wieder hinunter und durch die mystische Landschaft mit den Naturdevas zurück an die weiße Tür, die bereits geöffnet ist. Vincent lässt mich wissen, dass ich mich einfach in die grüne Lichtsäule fallenlassen soll. In vollem Vertrauen werde ich von ihrer Energie sanft aufgefangen und so schwebe ich langsam wieder hinunter. Zwerg Vincent ist nah bei mir. Unten angekommen, beginnt die grüne Lichtsäule wieder gegen den Uhrzeigersinn um mich zu kreisen. Zwerg Vincent steht jetzt wieder außerhalb der Lichtsäule. Ich verlasse sie und bedankte mich bei Zwerg Vincent und seiner grünen Lichtsäule. «

Mir wurde bewusst, dass ich mich noch erden musste, da ich eine sehr hohe Schwingung erreicht hatte. So öffnete ich mich der Energie von Zwerg Sebastian und seiner roten Lichtsäule. Ich trat in diese ein und blieb so lange in ihr stehen, bis ich die Energie spürte, die von meinen Füssen in die Mutter Erde floss. Dann bedankte ich mich bei Sebastian und seiner roten Lichtsäule.

Es war eine wunderbare Meditation. Auch mein Mann genoss sie und erhielt noch wertvolle Botschaften, von denen ich Euch später im Buch berichten werde.

Meditation zum Erzengel Bariel

1. Lege oder setze Dich bequem hin.
2. Atme 3x tief durch.
3. Öffne Dich wie bereits beschrieben der Energie von Vincent dem Zwerg und seiner grünen Lichtsäule.
4. Nehme wahr, wie die grüne Lichtsäule vor Dir erstrahlt und Zwerg Vincent daneben steht.
5. Trete in die grüne Lichtsäule ein und nehme ihre Energie wahr, die Dich gegen den Uhrzeigersinn umwirbelt.

6. Fühle, wie sich Dein Herzchakra öffnet und Du mit Liebe erfüllt wirst. Genieße die Liebe, die Dich erfüllt, einige Minuten lang, bevor Du weiter gehst.
7. Nehme wahr, wie die grüne Lichtsäule aufhört um Dich zu wirbeln, bis sie ganz stillsteht.
8. Siehe jetzt nach oben und nehme wahr, wie die Lichtsäule endlos nach oben verläuft.
9. Spüre nun, wie Du zu schweben beginnst und immer höher in der Lichtsäule empor gleitest. Fühle die Leichtigkeit, mit der Du erfüllt bist.
10. Zwerg Vincent ist bei Dir. Er begleitet Dich in die höhere Dimension.
11. Nehme die weiße Türe wahr, die in der grünen Lichtsäule vor Dir erscheint. Öffne sie und trete durch die Türe in ein mystisches Reich.
12. Erkenne die Landschaft, die in den verschieden Grüntönen vor Dir erscheint und den goldenen Himmel, der über Dir strahlt.
13. Gehe über die Wiese und lasse Dich von Zwerg Vincent führen. Nehme die verschiedenen Naturdevas wahr, die über Deinen Besuch erfreut sind. Spüre die Liebe und die göttliche Energie von diesem wunderbaren Ort.
14. Nimm wahr, wie Zwerg Vincent Dich auf einen Hügel führt, auf dem eine grüne Lichtkugel glänzt.
15. Du bist vor der Lichtkugel angekommen. Fühle die Energie, die von ihr aus geht.
16. Trete hinein und spüre die Energie dieser grünen Lichtkugel.
17. Zwerg Vincent legt Dir seine linke Hand auf Deinen Rücken zwischen die Schulterblätter und die rechte Hand auf Deinen Hinterkopf.

18. Nehme wahr, wie vor Dir Erzengel Bariel erscheint und die Energie in der Lichtkugel noch stärker wird.
19. Begrüße ihn und lausche, ob er vielleicht eine Botschaft für Dich hat.
20. Genieße einfach die Liebe und die göttliche Harmonie, die Dich durchströmen.
21. Bedanke Dich bei Erzengel Bariel.
22. Zwerg Vincent führt Dich aus der grünen Lichtkugel, den Hügel hinunter und über die Wiese zurück zu der weißen Tür.
23. Öffne die Türe und lass Dich in die grüne Lichtsäule fallen.
24. Nehme wahr, wie Du langsam hinunterschwebst, bis Du unten angekommen bist.
25. Die grüne Lichtsäule wirbelt wieder um Dich herum. Genieße einfach noch ihre Energie.
26. Trete aus der Lichtsäule hinaus und bedanke Dich bei Zwerg Vincent und seiner grünen Lichtsäule.
27. Öffne Dich nun noch der Energie von Sebastian dem Zwerg und seiner roten Lichtsäule, um Dich zu erden.
28. Trete hinein und verbleibe solange in ihr, bis Du die Energie spürst, die aus Deinen Füssen in die Mutter Erde fließt.
29. Trete hinaus und bedanke Dich bei Zwerg Sebastian und seiner roten Lichtsäule.

Das Geheimnis von Zwerg Jack und seiner weiß-goldenen Lichtsäule

Diese Meditation war auch wieder ein unvergessliches Erlebnis.
Ich setzte mich gemütlich auf unser Sofa und öffnete mich voller Neugier dem Zwerg Jack und seiner weiß-goldene Lichtsäule. Als beide vor mir erschienen, wurde ich ganz ruhig und gelassen. So begab ich mich in die weiß-goldene Lichtsäule und sofort wirbelte sie gegen den Uhrzeigersinn um mich herum. Bei meinem Kronen- und Stirnchakra spürte ich einen leichten Druck, bis die Energie zu fließen begann. Ich konnte auch ein sehr helles Licht erkennen, welches von meinem Kronen- und Stirnchakra leuchtete. Die Lichtsäule verlangsamte sich, bis sie schließlich zum Stillstand kam. Ich begann zu schweben - höher und höher - in die endlos nach oben verlaufende weiß-goldene Lichtsäule. Zwerg Jack begleitete mich in die höhere Dimension. Mein Körper war so leicht und hell erleuchtet, als ich langsamer wurde und auf eine weiße Türe zuschwebte. Zwerg Jack nahm mich an der Hand und führte mich durch diese Tür hindurch in die höhere Dimension. Es war atemberaubend, was mich hier erwartete.

»Ich stehe oder besser gesagt ich schwebe über den Wolken auf einem weiß-rosa farbenen Wolkenmeer. Zwerg Jack führt mich über diese Wolken. Jetzt ist es so hell, dass es mich ein wenig blendet. Da sind verschiedene Engel, oh Gott, sind sie schön! Manche von ihnen musizieren auf den verschiedensten Instrumente, andere tanzen oder schweben einfach gemütlich herum. Die Engel sind über meinen Besuch erfreut und lachen mir zu. Die Harmonie ist einfach göttlich. Plötzlich ist eine weiß-goldene Lichtkugel vor mir. Sie ist riesengroß und glitzert wie eine Seifenblase. Zwerg Jack, der mich immer noch an seiner Hand hält, führt mich in diese Lichtkugel hinein. Sogleich wird die Energie viel stärker und durchströmt meinen ganzen Körper. Zwerg Jack steht hinter mir und legt die linke Hand auf den Rücken zwischen die Schulterblätter und die rechte Hand auf den Hinterkopf. Eine wunderschöne Energiewelle durchströmt mich. Mit Hilfe von Zwerg Jack kann ich nun den Erzengel dieser Lichtkugel wahrnehmen. Es ist Erzengel Gabriel. Sein Lichtkörper ist ganz hell erleuchtet und seine großen Flügel sind fast durchsichtig. Die entstandene Energie ist äußerst feinschwingend. Erzengel Gabriel legt seine linke Hand auf mein Kronenchakra und seine rechte auf mein Herzchakra. Eine Woge von tiefer Liebe und innerem Frieden erfüllt mich. Ich genieße einfach diese wunderbare beflügelnde Energie. Erzengel Gabriel nimmt seine Hände wieder weg und stellt sich vor mich. Mit einer leichten Verneigung bedanke ich mich aus tiefstem Herzen für dieses wunderbare Geschenk, das ich empfangen durfte. Da reicht er mir einen Kelch mit einer goldenen Flüssigkeit und gibt mir zuverstehen, dass ich trinken soll. Gesagt, getan! Oh, tut das gut! Es durchströmt mich von innen heraus eine wohlige Wärme. Mein Körper wird energetisch geladen und ich fühle mich noch leichter als ich eh schon war. Jetzt gebe ich Erzengel Gabriel dankend den Kelch zurück und verabschiede mich. Zwerg Jack nimmt mich wieder an der Hand und führt mich aus der weiß-goldenen Lichtkugel. Wir gehen oder

besser gesagt schweben wieder völlig unbekümmert auf der Wolkenlandschaft - vorbei an all den lieblichen Engeln bis hin zur weißen Türe, die bereits offen steht. Wie gewohnt lasse ich mich in totalem Vertrauen in die weißgoldene Lichtsäule fallen und genieße das Hinunterschweben. Zwerg Jack weicht nicht von meiner Seite. Unten angekommen wirbelt die weiß-goldene Lichtsäule wieder um mich. Zwerg Jack steht nun außerhalb. Ich verbleibe noch ein wenig in der Energie und dann verlasse ich sie.
„Vielen lieben Dank an Dich Zwerg Jack und deiner weiß-goldenen Lichtsäule." «

Um mich wieder zu erden, öffnete ich mich noch der Energie von Zwerg Sebastian und seiner roten Lichtsäule und blieb solange in ihr stehen, bis ich spürte, wie die Energie durch meine Füße in die Mutter Erde strömte.

Dies war wieder eine unglaublich schöne Meditation, die ich den Zwergen zu verdanken habe. Auch Du kannst jederzeit mit Zwerg Jack zu Erzengel Gabriel gehen, wenn Du möchtest oder Du Dich müde fühlst.
Machst Du diese Meditation, sei nicht enttäuscht, wenn Du den Kelch mit der goldigen Flüssigkeit von Erzengel Gabriel vielleicht nicht erhältst. Er überreicht ihn Dir, wenn Du bereit dazu bist. Erwarte einfach nichts, sondern genieße das, was geschieht.

Meditation zum Erzengel Gabriel

1. Setze oder lege Dich bequem hin.
2. Atme 3x tief durch.
3. Öffne Dich der Energie von Jack dem Zwerg und seiner weiß-goldenen Lichtsäule.
4. Nehme wahr, wie sie vor Dir erscheint und Zwerg Jack neben ihr steht.
5. Trete in die weiß-goldene Lichtsäule ein und nehme die Energie wahr, die gegen den Uhrzeigersinn um Dich wirbelt.
6. Fühle, wie sich Dein Kronen- und Stirnchakra öffnen und in einem hellem Licht zu erstrahlen beginnen.
7. Nehme nun wahr, wie die weiß-goldene Lichtsäule zum Stillstand kommt.
8. Siehe jetzt nach oben und erkenne, wie die Lichtsäule endlos nach oben verläuft.
9. Spüre, wie Du zu schweben beginnst - höher und höher - empor in die Lichtsäule. Nehme wahr, wie Dein Körper ganz leicht wird und zu strahlen beginnt.
10. Zwerg Jack schwebt neben Dir. Er begleitet Dich in die höhere Dimension.
11. Nehme die weiße Tür wahr, die in der weiß-goldenen Lichtsäule vor Dir erscheint. Zwerg Jack nimmt Dich bei der Hand und führt Dich durch die Türe zu einem himmlischen Ort.
12. Vor Dir erstreckt sich ein wunderschönes Wolkenmeer. Du schwebst über den Wolken, geführt von Zwerg Jack.

13. Nehme die Engel wahr, die über Deinen Besuch erfreut sind. Spüre die Liebe, die sie Dir senden. Sende sie zurück.
14. Nehme die göttliche Harmonie wahr und lasse Dich von Zwerg Jack durch diese himmlische Landschaft führen.
15. Erkenne die weiß-goldene Lichtkugel, die vor Dir leuchtet. Sie ist riesengroß und strahlt eine mächtige Energie aus.
16. Nehme wahr, wie Zwerg Jack Dich direkt in die Lichtkugel führt.
17. Spüre die Energie, die Dich umhüllt. Sie ist so harmonisch und göttlich.
18. Zwerg Jack tritt nun hinter Dich und legt Dir seine linke Hand auf Deinen Rücken zwischen die Schulterblätter und die rechte Hand auf deinen Hinterkopf. Nehme jetzt die intensivere Energie wahr.
19. Vor Dir erscheint nun Erzengel Gabriel. Diese Energie ist sehr feinschwingend und die Lichtkugel leuchtet noch viel mehr.
20. Erzengel Gabriel legt Dir seine linke Hand auf Dein Kronenchakra und seine rechte auf Dein Herzchakra.
21. Spüre, wie Dich eine Woge tiefer Liebe und inneren Frieden erfüllt. Lasse diese Energie solange fließen, bis Erzengel Gabriel seine Hände von Dir nimmt und wieder vor Dir erscheint.
22. Jetzt reicht Erzengel Gabriel Dir einen Kelch mit einer goldigen Flüssigkeit. Trink diese Flüssigkeit und nehme wahr, wie Dein Körper von innen heraus mit einer wohligen Wärme erfüllt ist, und wie leicht Du Dich jetzt fühlst.

23. Gib nun Erzengel Gabriel den Kelch zurück und bedanke Dich.
24. Zwerg Jack nimmt Dich an der Hand und führt Dich aus der Lichtkugel heraus. Sieh, wie die himmlische Landschaft noch heller erleuchtet ist.
25. Zwerg Jack führt Dich über die Wolken, an den Engeln vorbei, zurück zur weißen Türe.
26. Die Türe steht schon offen und Du lässt Dich nur noch in die weiß-goldene Lichtsäule fallen.
27. Spüre, wie Du langsam hinunter schwebst. Zwerg Jack begleitet Dich.
28. Wenn Du unten angekommen bist, nehme wahr, wie die weiß-goldene Lichtsäule beginnt, wieder um Dich zu wirbeln.
29. Verbleibe eine Weile in ihr, bevor Du hinaus trittst und Dich bei Zwerg Jack und seiner weiß-goldenen Lichtsäule bedankst.
30. Öffne Dich noch der Energie von Zwerg Sebastian und seiner roten Lichtsäule. Trete in sie ein und verbleibe solange, bis Du die Energie spürst, die aus Deinen Füssen in die Mutter Erde strömt.

Das Geheimnis von Zwerg Minosch und seiner blauen Lichtsäule

Diese Meditation ist ein Ausflug in eine höhere Dimension, bei der Du Dich behütet und beschützt fühlst.

Ich öffnete mich der Energie von Minosch dem Zwerg und seiner blauen Lichtsäule. Sogleich erstrahlte diese vor mir und Minosch stand daneben. Voller Erwartung, wohin mich diese Lichtsäule wohl bringen wird, trat ich in sie ein. Langsam fing sie an, sich gegen den Uhrzeigersinn um mich herum zu drehen. Eingehüllt von dem Wirbel breitete sich mehr und mehr ein Gefühl der Befreiung in mir aus. Ich genoss diese Freiheit. Dann wurde die blaue Lichtsäule immer langsamer, bis sie ganz zum Stillstand kam. Sie schien endlos nach oben zu verlaufen und schon schwebte ich in der Lichtsäule empor. Zwerg Minosch erfasste noch während dem gemeinsamen Hinaufgleiten meine Hand und wir wurden schneller und schneller. Im Eiltempo flogen wir auf eine Türe zu - eine weiße Teleskoptüre, wie bei einem Lift. Bei unserer Ankunft öffnete sie sich. Minosch führte mich durch diese Türe. Was ich da erblicken durfte, ließ mein Herz viel schneller schlagen.

» Ich befinde mich auf einem Weg, bestehend aus weißem Nebel. Um mich herum die Weite des Universums in einem tiefen Dunkelblau. Tausende von leuchtenden Sternen!
Minosch führt mich über diesen geschlängelten Nebelweg zu einer blaue Lichtkugel. Es ist unglaublich schön,

über diesen Weg durch das Universum zu gehen. Der Zwerg führt mich direkt in die blaue Lichtkugel. Angekommen in ihrer Mitte, genieße ich die göttliche Energie, die mich umhüllt. Minosch steht hinter mir und legt seine linke Hand auf meinen Rücken zwischen die Schulterblätter und die rechte auf meinen Hinterkopf. Sogleich verstärkt sich die durch mich fließende Energie. Es erscheint ein wunderschöner Engel mit einem blauen Lichtschwert - Erzengel Michael. Der Lichtkörper ist nur durch die Umrisse zu erkennen und die Flügel sind durchsichtig glitzernd. Diese Engelenergie ist liebevoll und behütend. Erzengel Michael hebt sein blaues Lichtschwert in die Höhe und führt es zu meinem rechten Fuß. Von dort aus lässt er es langsam an meiner rechten Körperseite hinauf gleiten und berührt dann damit meine rechte Schulter. Nun bewegt er das Lichtschwert über meinen Kopf zur linken Schulter, von dort aus zu meiner linken Körperseite bis hinunter zum linken Fuß. Ich bin sogleich frei, losgelöst von allem, ich bin ich. Es ist wunderschön, diese befreiende Energie empfangen zu dürfen. Ich bedanke mich bei Erzengel Michael für die Karmaerlösung und die Trennung der energetischen Bänder. Jetzt nehme ich ein unglaubliches Gefühl wahr, das mich vollkommen erfüllt! Erzengel Michael umschließt mich mit seinen großen, durchsichtig glitzernden Schwingen. Es ist sooo hell. Ich bin geborgen, beschützt und lasse einfach alles geschehen - genieße die Energie in vollen Zügen.

Am liebsten würde ich noch ganz lange in diesen Schwingen eingehüllt bleiben! Doch Erzengel Michael

entlässt mich wieder daraus mit dem Wissen, dass ich jederzeit zu ihm kommen kann.
Minosch nimmt mich bei der Hand und ich bedanke mich noch aus tiefstem Herzen bei Erzengel Michael. Der Zwerg führt mich aus der blauen Lichtkugel, über den Nebelweg zurück zu der Teleskoptüre, die sich sogleich öffnet, als wir vor ihr stehen. Nun der vertraute Fall in die blaue Lichtsäule und ich schwebe zusammen mit Zwerg Minosch langsam hinunter. Unten angekommen, wirbelt die blaue Lichtsäule wieder um mich. Bevor ich sie verlasse, genieße ich noch ihre Energie. Zwerg Minosch steht jetzt wieder neben der Lichtsäule und ich bedanke mich bei beiden. «

Da die Erdung immer wichtig ist, öffnete ich mich der Energie von Sebastian dem Zwerg und seiner roten Lichtsäule. Sie erstrahlte vor mir und ich trat ein, um so lange in ihr zu verweilen, bis ich spürte, wie die Energie durch meine Füße in die Mutter Erde floss.

Ihr könnt jederzeit mit Zwerg Minosch zum Erzengel Michael gehen. Er hilft Euch in schweren Zeiten, wenn ihr Sorgen habt oder Probleme mit anderen Menschen.

Meditation zum Erzengel Michael

1. Setze oder lege Dich bequem hin.
2. Atme 3x tief durch.
3. Öffne Dich der Energie von Minosch dem Zwerg und seiner blauen Lichtsäule.
4. Nehme wahr, wie die blaue Lichtsäule vor Dir erstrahlt und Zwerg Minosch neben ihr steht.
5. Trete in die blaue Lichtsäule ein, und nehme die Energie wahr, die Dich gegen den Uhrzeigersinn umwirbelt.
6. Spüre, wie der Energiewirbel Dich befreit. Nehme wahr, wie erleichtert Du Dich fühlst.
7. Dann erspüre, wie die blaue Lichtsäule aufhört um Dich zu wirbeln, bis sie ganz still steht.
8. Zwerg Minosch befindet sich nun neben Dir und nimmt Dich an der Hand, um sogleich in einem schnellen Tempo hinauf zuschweben.
9. Du erkennst, dass ihr auf eine weiße Teleskoptüre zuschwebt. Die Türe öffnet sich von alleine, wenn ihr vor ihr steht.
10. Zwerg Minosch führt Dich durch diese Tür.
11. Nehme wahr, wie Du auf einem Weg aus Nebel stehst, und um Dich herum das Universum erstrahlt. Erkenne die Sterne und Planeten.
12. Minosch führt Dich auf diesem Nebelweg durch das Universum zu einer blauen Lichtkugel, die Du weiter vorne am Ende des Nebelweges erkennen kannst.
13. Genieße den Spaziergang über diesen Weg. Nehme die Energie in Dich auf.

14. Nun bist Du direkt vor der blauen Lichtkugel. Zwerg Minosch führt Dich in ihre Mitte. Nehme die befreiende Energie wahr.
15. Zwerg Minosch steht nun hinter Dir und legt seine linke Hand auf Deinen Rücken zwischen die Schulterblätter, seine rechte Hand auf Deinen Hinterkopf.
16. Nehme wahr, wie die Energie sich verstärkt.
17. Vor Dir erscheint Erzengel Michael. Nehme die Liebe und Gutmütigkeit wahr, die er ausstrahlt.
18. Erzengel Michael nimmt nun sein blaues Lichtschwert und legt es an Deinen rechten Fuß. Danach lässt er das Lichtschwert an Deiner rechten Körperseite hinauf gleiten bis zur Schulter. Von dort bewegt er es über Deinen Kopf zur linken Schulter. Danach lässt er das Lichtschwert von Deiner Schulter an der linken Körperseite zum linken Fuß hinunter gleiten.
19. Nehme wahr, wie befreit Du jetzt bist. Spüre die Leichtigkeit in Dir. Du bist befreit von allen Sorgen und Deine energetischen Bänder sind durchtrennt worden. Du bist Du.
20. Bedanke Dich bei Erzengel Michael.
21. Nehme wahr, wie Erzengel Michael seine großen Flügel öffnet und Dich damit einhüllt.
22. Genieße jetzt einfach die Geborgenheit und diese wohlige, beschützende Energie.
23. Erzengel Michael nimmt jetzt seine Flügel wieder zurück. Bedanke Dich bei ihm.
24. Zwerg Minosch nimmt Dich bei der Hand und führt Dich aus der blauen Lichtkugel hinaus, über den Nebelweg zurück zur weißen Teleskoptüre.
25. Sie öffnet sich von alleine und Du lässt Dich in die blaue Lichtsäule fallen.

26. Du spürst, wie Dich die Energie der Lichtsäule auffängt und Du mit Zwerg Minosch langsam hinunterschwebst.
27. Wenn Du unten angekommen bist, nehme wahr, wie die Lichtsäule wieder beginnt, um Dich zu wirbeln.
28. Verbleibe eine Weile in ihr, bevor Du sie verlässt. Bedanke Dich bei Zwerg Minosch und seiner blauen Lichtsäule.
29. Öffne Dich nun der Energie von Sebastian dem Zwerg und seiner roten Lichtsäule. Trete in sie ein und bleibe solange in ihr stehen, bis die Energie aus Deinen Füssen in die Mutter Erde fließt.

Das Geheimnis von Zwerg Dymon und seiner durchsichtig-glitzernden Lichtsäule

Diese Meditation gibt Dir die Möglichkeit, Dich mit Deiner Seele und Deinem Höheren Selbst zu verbinden.

Als ich mich in die Energie von Zwerg Dymon und der durchsichtig-glitzernden Lichtsäule einstimmte, wusste ich, dass ich meiner Seele und meinem Höheren Selbst begegnen werde. Aber ich ahnte nicht, wie es ablaufen würde!

Also öffnete ich mich der Energie von Dymon dem Zwerg und seiner durchsichtig-glitzernden Lichtsäule und sogleich erstrahlte sie vor mir. Ich trat hinein und die Energie begann, gegen den Uhrzeigersinn um mich in einem sehr schnellen Tempo zu wirbeln. Dadurch wurde meine Aura sehr stark gereinigt. Die Energie verlangsamte sich und wirbelte nun wieder ruhig um mich. Zwerg Dymon war auch in die durchsichtig-glitzernde Lichtsäule getreten. Er reichte mir seine Hand und wir schwebten langsam im Wirbel der Energie nach oben. Es war herrlich, immer höher zu schweben. Ich wurde ganz ruhig und gelassen.

» Plötzlich bemerke ich, wie sich die um mich wirbelnde Lichtsäule verbreitert. Der Durchmesser wird immer größer. Ich sehe ein weißes Licht auf mich zuschweben. Sofort ist mir bewusst, das ist meine Seele Thera. Ich bitte sie, sich mit mir zu verbinden und sofort bin ich von ei-

ner sehr schönen Energie erfüllt. Ich bin so leicht wie eine Feder.
Dymon fordert mich auf, weiter hinauf zuschweben. So lasse ich mich von ihm führen und schwebe mit ihm immer höher. Die Lichtsäule dehnt sich stetig aus, bis ich schließlich auf einem durchsichtig-glitzernden Energie-Teppich stehe. Der Zwerg hält noch immer meine Hand. Die entstandene Energie ist sehr feinschwingend, voller göttlicher Harmonie. Nun kommt ein noch größeres weißes Licht auf mich zu. Ich erkenne es als mein Höheres Selbst Hilaria. Ich bitte Hilaria, sich mit mir zu verbinden und es durchströmt mich eine wundervolle, göttliche Energiewelle. Es ist wunderschön, mit meiner Seele und meinem Höheren Selbst eins zu sein.

Ich genieße diese wundervolle Energie und lasse einfach zu, wie diese Verbindung in mir arbeitet.
Plötzlich entsteht auf dem durchsichtig-glitzernden Energie-Teppich ein Wirbel, der sich langsam vergrößert. Zwerg Dymon gibt mir zu verstehen, dass ich mich einfach in den Wirbel hineinstürzen soll, ohne jedoch die Verbindung zu meiner Seele und zu meinem Höheren Selbst zu verlieren. Diese bewusste Verbindung hilft mir, meinen Seelenvertrag hier auf Erden zu verwirklichen. Ich lasse mich in den Wirbel fallen und erkenne, dass ich wieder in der durchsichtig-glitzernde Lichtsäule bin und zusammen mit Zwerg Dymon hinunter schwebe. Unten angekommen, verweile ich noch ein wenig in der Lichtsäule und bedanke mich schließlich bei Zwerg Dymon und seiner durchsichtig-glitzernden Lichtsäule. «

Ich öffnete mich noch der Energie von Sebastian dem Zwerg und seiner roten Lichtsäule und blieb solange in darin stehen, bis die Energie durch meine Füße in die Mutter Erde strömte.

Ihr könnt jederzeit mit Zwerg Dymon und seiner durchsichtig-glitzernden Lichtsäule Eure Seelenverbindung und die Verbindung zu Eurem Höheren Selbst herstellen. Habt Ihr Euch mit Eurer Seele und Eurem Höheren Selbst verbunden, so verlasst die Lichtsäule mit dieser Verbindung. Dies wird Euch sehr viel bewusst machen, was für Euren Lebensweg wichtig ist und Ihr werdet so auch lernen, in jeder Situation ruhig zu bleiben. Verbindet Euch so oft Ihr wollt mit Eurer Seele und Eurem Höheren Selbst. Vielleicht erfahrt auch Ihr die Namen Eurer Seele und Eurem Höheren Selbst. Fragt einfach das helle Licht, das auf Euch zukommt.

Seid jedoch nicht enttäuscht, wenn Ihr keinen Namen erhaltet. Ich ließ diese Frage im Raum stehen und erhielt einige Tage später die Namen. Bei der Meditation, als ich meine Seele rief, sagte ich einfach: „Ich öffne mich der Energie meiner Seele Thera“ - und war ziemlich erstaunt, als ich einfach den Namen meiner Seele rief! In unserem Inneren ist alles gespeichert - wir müssen uns nur daran erinnern. Also, nun wünsche ich Euch eine himmlische Verbindung zu Eurer Seele und Eurem Höheren Selbst.

Meditation zur Verbindung mit der Seele und dem Höheren Selbst

1. Setze oder lege Dich bequem hin.
2. Atme 3x tief durch.
3. Öffne Dich der Energie von Dymon dem Zwerg und seiner durchsichtig-glitzernden Lichtsäule.
4. Nehme wahr, wie die durchsichtig-glitzernde Lichtsäule vor Dir erstrahlt und Zwerg Dymon daneben steht.
5. Trete in die Lichtsäule ein und nehme die Energie wahr, die Dich gegen den Uhrzeigersinn umwirbelt.
6. Zwerg Dymon ist zu Dir in die Lichtsäule gekommen und nimmt Dich bei der Hand. Sogleich beginnt Ihr mit dem Wirbel hinauf zu schweben.
7. Nehme wahr, wie sich der Wirbel ausdehnt. Sein Durchmesser wird immer größer.
8. Jetzt erscheint vor Dir ein helles, weißes Licht. Dieses Licht ist Deine Seele.
9. Öffne Dich der Energie Deiner Seele und nehme wahr, wie sich Deine Seele mit Dir verbindet.
10. Spüre, wie sogleich die Energie Deinen Körper erfüllt.
11. Nehme wahr, wie Du mit Zwerg Dymon weiter hinaufschwebst. Die Lichtsäule verbreitert sich immer mehr bis Du schließlich auf ihr stehst. Du befindest Dich jetzt auf einem durchsichtig-glitzernden Energieteppich.
12. Nehme wahr, wie ein noch größeres, helles, weißes Licht auf Dich zuschwebt. Das ist Dein Höheres Selbst.

13. Öffne Dich der Energie Deines Höheren Selbst und nehme wahr, wie es sich mit Dir verbindet.
14. Spüre, wie die Energie sogleich Deinen Körper erfüllt.
15. Genieße die wunderschöne, harmonische Energie, bis Du vor Dir auf dem durchsichtig-glitzernden Teppich einen Energiewirbel wahrnehmen kannst.
16. Springe in den Energiewirbel hinein und spüre, wie die Energie der durchsichtig-glitzernden Lichtsäule Dich auffängt und Du mit Zwerg Dymon langsam hinunterschwebst.
17. Unten angekommen, genieße die Energie der Lichtsäule, die um Dich wirbelt.
18. Trete hinaus und bedanke Dich bei Zwerg Dymon und seiner durchsichtig-glitzernden Lichtsäule.
19. Öffne Dich nun der Energie von Sebastian dem Zwerg und seiner rote Lichtsäule. Trete in sie ein und bleibe solange in ihr stehen, bis die Energie aus Deinen Füssen in die Mutter Erde fließt.

Das Geheimnis von Zwerg Louis und seiner silbernen Lichtsäule

Diese silberne Lichtsäule von Louis dem Zwerg ist auch ein besonderes Erlebnis. Es kann im Voraus nie genau gesagt werden, wem man begegnen darf oder besser gesagt, mit welcher Energie man erfüllt wird.

Ich öffnete mich voller Spannung der Energie von Louis dem Zwerg und seiner silbernen Lichtsäule. Wie bei jeder Einstimmung in eine der Zwergenenergien erstrahlte die passende Lichtsäule vor mir und Zwerg Louis stand daneben. Ich trat hinein und es begann wie immer zu wirbeln. Ich war wieder die silberne Lichtsäule. Deutlich konnte ich die Verbindung von der Erde zum Göttlichen erkennen. Louis kam zu mir und nahm mich bei der Hand. Wir begannen, mit dem Wirbel empor zuschweben. Das Tempo, das wir beim Hinaufschweben hatten, war so angepasst, dass mir nicht schwindelig wurde. Hierbei war es ein komisches Gefühl, mit dem Wirbel hinaufzuschweben, doch irgendwie berauschend. Plötzlich tauchte ein helles, weißes Licht auf, auf welches wir immer näher zuschwebten. Auf einmal war ich oben im weißen Licht angekommen. Zwerg Louis hielt mich immer noch fest an der Hand.

» Nun stehe ich auf einem weißen Nebelteppich. Der gesamte Ort scheint aus Nebel zu bestehen. Rund um mich gibt es nur helle, weiße Nebelschwaden. Es ist ein sehr mystischer Ort, an dem jedoch eine unglaubliche Ruhe und eine göttliche Harmonie zu vernehmen ist.

Zwerg Louis führt mich über den Nebelteppich, den ich genauer betrachten soll. Auch hier werde ich von dem Zwerg geführt . Jetzt sehe ich ganz viele silberne Lichtkugeln! Es ist ein wunderschöner Anblick. Diese mystische Nebellandschaft mit so vielen, glitzernden, silbernen Lichtkugeln. Louis gibt mir zu verstehen, dass ich auf eine der silbernen Lichtkugeln zugehen und in sie eintreten soll: „Auf der Lichtkugel wird in goldener Schrift ein Name eines Aufgestiegenen Meisters zu lesen sein. Diesem Aufgestiegenen Meister wirst Du in der Lichtkugel begegnen. Lass einfach geschehen, was für Dich bestimmt ist."

Links von mir ist eine silberne Lichtkugel, die mich anzieht. Also gehe ich auf sie zu. Der Zwerg bleibt nahe bei mir und dieses Mal lässt er sich von mir führen. Ich stehe nun vor der Lichtkugel und lese in goldener Schrift den Namen Jesus Christus. Mein Herz schlägt schneller! Ich betrete die silberne Lichtkugel von Jesus Christus und mich erfüllt eine göttliche Energie, die einfach himmlisch ist. Zwerg Louis steht hinter mir und legt mir seine linke Hand auf den Rücken zwischen die Schulterblätter und die rechte auf den Hinterkopf. Oh, wie sich die Energie, die mich durchfließt, verstärkt. Vor mir erscheint Jesus Christus. Ich nehme ihn als helles Lichtwesen mit einem hellblauen Umhang wahr. Es ist so hell um ihn herum, dass es mir schwer fällt, ihn näher zu beschreiben. Er legt seine rechte Hand auf das Kronenchakra und ich bin erfüllt von weißen Licht. Es ist unbeschreiblich - einfach wunderbar! Ich genieße die göttliche Energie, die er durch mich fließen lässt.

Jesus Christus nimmt seine Hand weg und legt mir ein gleichschenkliges Lichtkreuz in das Stirnchakra. Dort verspürte ich jetzt einen leichten Druck und wieder erfüllt mich sehr helles Licht. Mit einer leichten Verneigung bedankte ich mich bei Jesus Christus von ganzem Herzen und darf folgende, wunderbare Botschaft von ihm empfangen:

„Die Macht der Zwerge ist für alle Menschen, damit sie die Möglichkeit haben, durch die Zwerge und ihren Lichtsäulen in die höheren Dimensionen der Erzengel und den Aufgestiegenen Meistern zu gelangen. Dies ist für jene Menschen eine sehr wertvolle Hilfe, denen es Schwierigkeiten bereitet, sich direkt mit den Erzengeln und den Aufgestiegenen Meistern in Verbindung zu setzen. Wichtig ist auch, nicht zu vergessen, dass es keine Rolle spielt, wie man zum Göttlichen gelangt, sondern nur, dass es geschieht."

Die Worte von Jesus Christus erfüllen mein Herz. Jetzt begreife ich auch den Namen des Buches: „Die Macht der Zwerge".
Ich verspüre tiefe Dankbarkeit für Jesus Christus und bezeuge sie ihm. Danach nimmt mich Zwerg Louis an der Hand und führt mich aus der silbernen Lichtkugel hinaus auf den Nebelteppich. Wir gehen über den Nebelteppich - zurück durch die mystische Nebellandschaft. Mitten im Nebelteppich steht der Wirbel vor uns und wird immer größer. Ich lasse mich hinein fallen und sogleich fängt mich die Energie der silbernen Lichtsäule auf. Zwerg Louis und ich schweben langsam hinab. Unten angekommen, steht Zwerg Louis wieder außerhalb

der silbernen Lichtsäule und ich erlaube mir, noch die Energie, die um mich wirbelt, zu genießen. Ich verlasse die Lichtsäule und bedanke mich bei Louis dem Zwerg und seiner silbernen Lichtsäule. «

Ich öffnete mich der Energie von Sebastian dem Zwerg und seiner roten Lichtsäule. Ich trat in sie ein und blieb solange in ihr stehen, bis ich wieder gut geerdet war.

Bei dieser Meditation könnt Ihr allen Aufgestiegenen Meister begegnen. Lasst Euch einfach zu einer der silbernen Lichtkugel führen - Ihr werdet den Namen, der darauf in goldener Schrift steht, lesen können. Habt einfach vertrauen in Euch, in die Zwerge und in die göttlichen Wesen. Ihr werdet genau die silberne Lichtkugel mit dem für Euch zur Zeit richtigen Aufgestiegenen Meister aussuchen.
Arubin, der mich bei dieser Meditation begleitet hatte, war in die silberne Lichtkugel des Aufgestiegenen Meister St. Germain eingetreten. Er erlebte dort, was für ihn bestimmt war.

Meditation zu den Aufgestiegenen Meister

1. Setze oder lege Dich bequem hin.
2. Atme 3x tief durch.
3. Öffne Dich der Energie von Louis dem Zwerg und seiner silbernen Lichtsäule.
4. Nehme wahr, wie die silberne Lichtsäule vor Dir erstrahlt und Zwerg Louis daneben steht.
5. Trete nun in die silberne Lichtsäule ein und nehme die Energie wahr, die Dich gegen den Uhrzeigersinn umwirbelt.
6. Zwerg Louis ist nun neben Dir in die Lichtsäule getreten. Nehme wahr, wie er Dich an der Hand nimmt und sogleich beginnt Ihr, mit dem Wirbel empor zuschweben.
7. Nehme wahr, wie Ihr Euch mit dem Wirbel dreht, doch nur so schnell, dass es Euch nicht schwindelig wird. Ihr steigt immer höher empor.
8. Erblicke nun das weiße, helle Licht, auf das Ihr zuschwebt.
9. Ihr seid in diesem weißen, hellen Licht angekommen. Nehme wahr, wie Du auf einem hellen Teppich aus Nebel gelandet bist.
10. Nehme die mystische Umgebung wahr, in der Du Dich jetzt befindest. Du bist umgeben von weißen hellen Nebelschwaden.
11. Nehme die göttliche Harmonie und die Ruhe von diesem mystischen Ort wahr.
12. Zwerg Louis führt Dich an der Hand durch diese Nebellandschaft. Öffne Dein Herz.

13. Nehme die vielen, silbernen Lichtkugeln wahr, die zwischen den Nebelschwaden zu erkennen sind.
14. Gehe auf eine silberne Lichtkugel zu, von der Du Dich angezogen fühlst. Lass Dich durch Deine Intuition leiten.
15. Wenn Du vor der silbernen Lichtkugel angekommen bist, lese den in goldener Schrift geschriebenen Namen des Aufgestiegenen Meisters, der Dich in der Lichtkugel erwartet.
16. Trete in die silberne Lichtkugel ein. Zwerg Louis ist bei Dir.
17. Nehme wahr, wie er Dir die linke Hand auf den Rükken zwischen die Schulterblätter legt und die rechte auf den Hinterkopf.
18. Spüre die Energie, die Dich erfüllt und intensiviert wird.
19. Nehme den Aufgestiegenen Meister wahr, der nun vor Dir erschienen ist. Genieße jetzt einfach die Energie und das, was für Dich bestimmt ist.
20. Bedanke Dich bei dem Aufgestiegenen Meister und lass Dich von Zwerg Louis, der Dich an die Hand nimmt, aus der silbernen Lichtkugel führen.
21. Zwerg Louis führt Dich über die Nebellandschaft zurück zu dem Wirbel. Nehme den Wirbel vor Dir wahr, wie er in dem Nebelteppich zu wirbeln beginnt.
22. Lass Dich in den Energiewirbel fallen. Spüre, wie Du von der Energie der silbernen Lichtsäule aufgefangen wirst und zusammen mit Zwerg Louis hinunterschwebst.
23. Wenn Du unten angekommen bist, genieße noch ein wenig den Wirbel der silbernen Lichtsäule.

24. Trete aus der Lichtsäule heraus und bedanke Dich bei Louis dem Zwerg und seiner silbernen Lichtsäule.
25. Öffne Dich nun der Energie von Zwerg Sebastian und seiner roten Lichtsäule. Trete in sie ein und bleibe solange in ihr stehen, bis die Energie aus deinen Füssen in die Mutter Erde fließt.

Die Wirkung der Meditationen

Diese Meditationen zu den höheren Dimensionen machen Dir sehr viel bewusst. Du kannst die Engel und die Aufgestiegenen Meister wahrnehmen. Es geschieht auch viel Transformation und dadurch erhöht sich Deine Schwingung. Bei diesen Meditationen wird auch der physische Körper eine Reinigung erfahren. Wenn das geschieht, sorge Dich nicht, es ist ein sehr gutes Zeichen. So spürst Du, dass es in Dir arbeitet, Du Deine Schwingung erhöhst und somit den Kontakt zu den Zwergen und dem Göttlichen intensivierst.
Die Energie der Zwerge ist eine sehr gute Begleitung, wenn Du in die höheren Sphären eintrittst, sei es, dass Du Verbindung zu einem Erzengel oder einem Aufgestiegenen Meister aufnimmst oder Du jemandem Energie sendest.

Meine Schwachstelle war die Haut. Arme und Rücken hatten rote, juckende Stellen und im allgemeinen litt ich unter sehr trockener Haut. Manchmal fühlte ich mich auch auf der mentalen Ebene sehr niedergeschlagen oder hatte Minderwertigkeitskomplexe. Nun geht es mir viel besser und ich bin sehr dankbar für die wunderbaren Meditationen und Energien, die ich von der Zwergenwelt erfahren durfte.

Habe keine Bedenken vor diesen Transformationen - Du bist vollkommen geschützt. Die Energie der Zwerge schützt Deine unteren drei Chakren vor negativen Einflüssen (Wurzelchakra, Sakralchakra und Solarplexus). Die oberen vier Chakren (Herzchakra, Halschakra, Stirn- und Kronenchakra) sind vollkommen geschützt, wenn Du Dich den lichtvollen, höheren Wesen öffnest. Dieser Schutz der Energie der Zwerge ist vor allem dann sehr wichtig, wenn Du in sehr hohe Dimensionen gelangst oder der ganzen Erde Energie sendest.
Die Energie der Zwerge hilft Dir ebenfalls, die Blockaden der unteren drei Chakren zu lösen. Somit kannst Du immer besser mit den höheren Lichtwesen in Verbindung treten. Arubin und ich entdeckten, dass es sich bei den unteren drei Chakren meistens um irdische Blockaden handelt. Du kannst das so verstehen: Hattest Du als Kind ein negatives Erlebnis oder Deine Eltern schenkten Dir zu wenig Liebe, so entstehen meistens in den unteren drei Chakren Blockaden, welche den freien Energiefluss behindern. Die Energie der Zwerge hilft Dir, diese Blockaden aufzulösen, ohne dass Du nochmals leidest. Somit wird Dir der Weg zu den höheren Dimensionen erleichtert und Deine Chakren sind ausgeglichen. Hast Du

Blockaden in den oberen vier Chakren, ist es meistens die Angst, Dich Deiner Spiritualität zu öffnen. Meditiere mit Hilfe der Energie von einem Zwerg, um zu einem Erzengel oder einem Aufgestiegenen Meister empor zu steigen.
Ich empfehle Dir, ein Tagebuch über die Meditationen zu führen, um Botschaften, Gefühle oder sonstige himmlische Ereignisse nieder zu schreiben. Das Erlebte wird vom Unterbewusstsein viel besser akzeptiert und registriert, wenn es schriftlich festgehalten wird.

Die Einweihungskammer

Eigentlich hatte ich an diesem Abend, als ich die Einweihungskammer der Zwerge betreten durfte, nicht vor, so intensiv zu meditieren. Ich setzte mich auf das Sofa und stimmte mich einfach in die Energie der Zwerge ein, um die Seele baumeln zulassen.
Da kam Arubin und fragte mich, ob ich eine geführte Meditation machen wolle. Da er anbot, sie zu leiten, stimmte ich zu. Also öffneten wir uns der Energie unserer Seele und unseres Höheren Selbst. Arubin führte uns in die göttliche Kammer. Es war wunderschön und ich

genoss die Energie. Ich fühlte mich von der hohen Energie ein wenig benommen. Plötzlich sagte Arubin oder besser gesagt der, den er channelte: „ Thera führt Euch jetzt zu den Zwergen in ihr Schloss - sie wollen Euch etwas zeigen.“
Also stimmte ich mich auf die Energie der Zwerge ein und fing an, die geführte Meditation zu leiten. Arubin und ich kamen durch einen Wirbel, der in der göttlichen Kammer vor unseren Füssen entstanden war, in die fünfte Dimension, in der sich das Zwergenschloss befand. Wir ließen uns in den hell leuchtenden Wirbel fallen und schwebten hinunter in die fünfte Dimension. Dort landeten wir auf einer grünen Wiese.

» Vor uns erstrahlt das Zwergenschloss - es ist ein traumhafter Anblick. Ich gehe die weiße Treppe hinauf, die ich schon von meinem ersten Besuch kenne. Plötzlich kommt mir Zwerg Louis auf der Treppe entgegen. Er begrüßt mich und führt mich die Treppe hinauf zu dem großen Tor, durch das ich beim ersten Mal in den großen Saal gelangte. Er geleitet mich durch den Saal auf eine Treppe zu, die sich von der hinteren linken Ecke in das obere Stockwerk erstreckt. Wir steigen hinauf und kommen in einen hell erleuchteten Flur. Dort sind links und rechts viele Türen, die in verschiedene Räume führen. Ich nehme sie goldig wahr. Ich weiß nicht, an wie vielen Türen wir vorbei gegangen sind, als wir ganz hinten im Flur ankommen. Hier bleiben wir an der größten goldenen Türe stehen. Es ist wohl eher ein großes Tor. Zwerg Louis öffnet es und führt mich in eine sechseckige Kammer. Er gibt mir zu verstehen, dass ich mich in die Mitte der Kammer stellen soll. Als ich dort bin, sehe ich, wie an der Wand vor mir ein weiß-goldener Diamant erscheint. Hui, es sieht aus, als ob er in der Luft schwebt! Er ist etwa 30 cm und hat die Form eines doppelten Prismas. Links davon erscheint in der gleichen Form ein grüner Diamant. Rechts davon ein roter Diamant - ebenfalls in der selben Form. Auf einmal ist das Tor, durch das mich Zwerg Louis geführt hat, hinter mir verschwunden und an dieser Stelle ist nun ein silbernen Diamant! Zwerg Louis ist auch weg! Rechts hinter mir erblicke ich einen blauen Diamanten. Links hinter mir einen durchsichtig-glitzernden. Der Boden unter meinen Füssen ist in einem warmen Braunton, die Decke und die Wände sind in einem créme-weiss getaucht. Die Stimmung in diesem Raum ist unglaublich schön und harmonisch. Ich genieße es und sauge sie förmlich in mich hinein. Plötzlich steht neben jedem Diamanten ein Zwerg. Bei dem weiß-goldenen - Zwerg Jack; bei dem grünen - Zwerg Vincent; bei dem roten - Zwerg Sebastian; bei dem blauen - Zwerg Minosch; bei dem durchsichtig-glitzernden - Zwerg Dymon und bei dem silbernen - Zwerg Louis.

Ich bin erfreut, dass ich die Zwerge hier treffe und begrüße jeden einzeln. Ich weiß auf einmal, wo ich bin! Zwerg Louis hat mich in die Einweihungskammer der Zwerge geführt. Es ist ein unglaubliches Gefühl und ich kann es kaum erwarten, den Ablauf der Einweihung am eigenen Laibe erfahren zu dürfen. Sie warten, bis sich meine Aufregung gelegt hat und ich bereit bin für die Einweihungszeremonie.
Zuerst nimmt Zwerg Jack den weiß-goldenen Diamanten in die Hände und kommt auf mich zu. Mein Herz pocht. Er bleibt vor mir stehen und lässt mich wissen, dass ich

meine Hände auf den weiß-goldenen Diamanten legen soll. Ich tue wie mir geheißen und schon durchflutet mich eine starke Energiewelle und erfüllt meinen ganzen Körper. Ich soll solange die Hände darauf lassen, bis ich spüre, wie die Energie gleichmäßig und in einem harmonischen Fluss durch mich strömt.
Was ich jetzt erleben darf ist unglaublich schön! Dieses Geschenk werde ich immer in meinem Herzen behalten! Nun fließt die Energie regelmäßig und ich entferne meine Hände von dem weiß-goldenen Diamanten und bedanke mich bei Zwerg Jack. Jetzt kommt Zwerg Sebastian mit dem roten Diamanten in den Händen auf mich zu. Er bleibt ebenfalls vor mir stehen und ich lege die Hände auf den roten Diamanten. Diese Energie ist warm und pulsierend und durchströmt den Körper. Auch hier lasse ich die Hände solange auf dem roten Diamanten bis die Energie gleichmäßig durch mich fließt. Nachdem ich mich bei Zwerg Sebastian bedankt habe, begibt er sich wieder zurück an seinen Platz. Nun kommt Zwerg Vincent mit dem grünen Diamanten in den Händen auf mich zu. Er stellt sich vor mich hin und erneut lege ich die Hände darauf. Es ist traumhaft! Der Körper wird sogleich mit einer liebevollen Energie erfüllt. Sogar eine grüne Flüssigkeit fließt hindurch. Jetzt gleitet die Energie gleichmäßig durch mich durch und ich bedanke mich bei Zwerg Vincent, der daraufhin an seinen Platz zurück geht. Nun ist Zwerg Minosch mit dem blauen Diamanten in den Händen an der Reihe. Er stellt sich vor mich hin und ich halte meine Hände auf den blauen Diamanten. Diese Energie ist so wunderbar beflügelnd. Jetzt strömt sie gleichmäßig durch mich und ich bedanke mich bei Zwerg Minosch. Als er an seinen Platz zurück gekehrt

ist, läuft Zwerg Dymon zu mir und bleibt vor mir stehen - mit dem durchsichtig-glitzernden Diamanten in den Händen. Es ist eine äußerst starke Energie, die mich beim Auflegen der Hände sofort durchflutet. Auch diese Energie erhalte ich solange, bis ein gleichmäßiger Fluss entstanden ist. Ich bedanke mich bei Zwerg Dymon und er geht zurück an seinen Platz. Der nächste Zwerg, der vor mir steht, ist Louis mit dem silbernen Diamanten in den Händen. Darauf lege ich nun meine Hände und es ist wieder berauschend, die Energie durch den Körper fließen zu lassen. Dankbar verneige ich mich vor Zwerg Louis, als ich wahrnehme, dass die Energie regelmäßig fließt, und so begibt er sich wieder zurück an seinen Platz hinter mir.

Dieses Glücksgefühl, das ich nun durch die Einweihung von den Zwergen erleben darf, ist einfach göttlich! Ich genieße in vollen Zügen die Energie, von der die Einweihungskammer erfüllt ist.

Die Einweihung geht ja weiter! Ist noch gar nicht beendet! Erwartungsvoll und ganz still stehe ich da. Alle Zwerge, mit den Diamanten in den Händen, kommen langsam und mit andächtigen Schritten auf mich zu. Mein Herz schlägt schneller. Die Energie im Raum intensiviert sich noch mehr. Jetzt ist es soweit - alle Zwerge stehen etwa mit einem halben Meter Abstand im Kreis um mich herum. Für dieses wunderschöne Erlebnis finde ich keine passenden Worte. Einfach gigantisch! Das müsst Ihr selber erleben, kann nicht beschrieben werden.

Alle Zwerge halten die Diamanten in die Höhe und so über meinen Kopf, dass sich die Spitzen der Diamanten berühren. Ich vernehme ein Klicken und die Zwerge lassen die Diamanten los. Über meinem Kopf schwebt nun ein Zeltdach aus sechs verschiedenen Diamanten. Die Zwerge geben sich die Hände und tanzen im Uhrzeigersinn um mich herum. Und die Diamanten über meinem Kopf drehen sich gegen den Uhrzeigersinn. Es ist, als bin ich eins mit den Zwergen. Danke.

Jetzt fangen die Diamanten an zu leuchten und der Raum ist erfüllt mit den verschieden Diamantenfarben. Wie eine drehende Discobeleuchtung! Ich gebe mich voller Vertrauen und Glückseligkeit der Energie hin. Einfach wunderschön - ohne Worte.

Die Diamanten drehen langsamer und kommen schließlich zum Stillstand. Auch die Zwerge bleiben stehen und strecken ihre Hände nach den Diamanten aus. Diese schweben einfach in die Hände der Zwerge zurück. Mit einer leichten Verneigung bedanke ich mich aus ganzem Herzen bei den Zwergen für diese wunderbare Einweihung. Sie stellen sich zurück an ihren Platz und legen die Diamanten an die Stelle, an der sie in der Luft schwebten, als ich die Einweihungskammer betrat.

Vor mir auf dem Boden entsteht ein Energiewirbel. Er kräuselt sich immer mehr, bis zu etwa einem Meter Durchmesser. Ich verabschiede mich bei den Zwergen und springe voll Freude hinein. Sogleich fängt mich die Energie der roten Lichtsäule von Zwerg Sebastian auf, um mich wieder gut zu erden. Langsam, wie ein Blatt vom Wind getragen, schwebe ich die rote Lichtsäule hinunter. Unten angekommen, verweile ich solange in ihr, bis die Energie aus meinen Füssen in die Mutter Erde fließt. «

Etwas benommen öffnete ich langsam meine Augen. Es war ein sehr schöne Einweihung, die ich und auch mein Mann erleben durften. Arubin hatte durch meine Führung der Meditation ebenfalls alles wahrgenommen.
Ich war erfüllt von einem unglaublichen, inneren Frieden und so glücklich über dieses wunderbare Geschenk von den Zwergen. Dies ist für mich eine Bestätigung, wie sehr sich die Zwerge freuen, dass wir beginnen, mit ihnen zusammen zu arbeiten. Von dieser Einweihung an veränderte sich für mich auch sehr viel. Meine innere Sicherheit war sehr gestärkt worden. Die Zwerge begleiten mich, auch wenn ich mich in eine andere Energie einstimme. Ich nehme sie sofort wahr, sobald ich anfange zu meditieren.

Herzlichen Dank an die gesamte Zwergenwelt für ihre Hilfe, und dass ich ihre mystische Welt kennen lernen darf.

Der Zwergenkönig

Es ist immer ein unglaubliches Gefühl, wenn Dir die geistige Welt Botschaften mitteilt, auf die Du nicht vorbereitest warst oder gar keine Fragen gestellt hast.

An einem Abend war ich erfüllt von einer wundersamen Energie, die mein ganzes Wesen durchströmte. So begann ich diese Meditation:

Ich stimmte mich in die Christusenergie ein und sogleich erhöhte sich meine Schwingung.
» Ich komme in den dreieckigen Saal der Erzengel. Dieser besteht nur aus hell leuchtendem, weißen Licht. In diesem wunderschönen Saal erscheinen immer die neun Erzengel namens Metatron, Jophiel, Zadkiel, Raphael, Chamuel, Michael, Haniel, Gabriel und Uriel. Erzengel Metatron steht immer vor mir auf einer weißen Treppe, die in einen langen, hell erleuchtenden Tunnel führt. Meistens gehe ich durch diesen Tunnel, wenn ich in die Energie eines Aufgestiegenen Meister eingestimmt bin. Am Ende des Tunnels trete ich hinaus und stehe in einem großen Saal, der so mit Licht erfüllt ist, dass es mir nicht möglich ist, Anfang oder Ende zu erkennen. Dort begegne ich den Aufgestiegenen Meistern. Oft darf ich dann den Saal durchlaufen bis hin zu einem so unglaublich hellem Licht, das nicht zu beschreiben ist - dort bleibe ich stehen. Dieses Licht nehme ich als Gott wahr. Diese wunderbare Energie dort, die Liebe und Harmonie rühren mich immer - wie auch jetzt - bis in die tiefsten

Tiefen meiner Seele und ich fühle sehr stark ein inneres nach Hause kommen.
Dieser Besuch hat nun eine ganz besondere Bedeutung für mich. Ich stehe vor diesem Licht und genieße die Energie in großer Dankbarkeit und Ehrfurcht. Ganz unverhofft treten meine Geistigen Führer Amunre und Pan neben mich. Voll Freude begrüße ich sie. Sie teilen mir mit, dass Zwergenkönig Aragon mir etwas übermitteln möchte. Es ist wie eine königliche Audienz. Zwergenkönig Aragon kommt auf mich zu. Er ist in eine dunkelblaue Robe gekleidet und hat eine goldene Krone auf dem Kopf. Vor mir bleibt er stehen und teilt mir mit:

„Ich bin sehr erfreut über Deine Arbeit mit den Zwergen. Wenn Du mich etwas fragen möchtest, nur zu! Ich bin bereit, Dir Antworten zu geben."

„Mache ich etwas falsch, wenn ich in der Natur spazieren gehe, die Energie der Zwerge zwar intensiv spüre, sie jedoch nicht sehen kann?"

„Dies ist dann eben nicht der richtige Zeitpunkt, um sie visuell wahrzunehmen - sie zu spüren ist ebenso wichtig."

„Viele beschreiben die Zwerge als Wesen, die man in der Natur antrifft und es gibt ja Menschen, die sie sehen können. Ich jedoch nehme die Zwerge als sehr lichtvolle Wesen aus einer Höheren Dimension wahr. Ist dieser Unterschied möglich?"

„Genau dies ist Deine Aufgabe! Mache die Menschen darauf aufmerksam, dass es Zwerge aus der höheren Dimension gibt, die den Menschen helfen wollen, in höhere Dimensionen zu gelangen. Die Zwerge, die Du wahrnimmst, sind so zu sagen „eine Eselsbrücke" zu den Erzengeln und Aufgestiegenen Meister. Die Zwerge, die in der Natur gesehen werden, sind „die Eselsbrücke" zum Tier-, Pflanzen- und Mineralienreich. Das bedeutet also, so wie die Zwerge aus der höheren Dimension Euch helfen, Verbindung mit den Erzengeln und den Aufgestiegenen Meistern aufzunehmen, so helfen die Zwerge, die in der Natur wahrgenommen werden Euch, eine Verbindung zu den Tieren, Pflanzen und Mineralien aufzunehmen. Diejenigen, welche die Zwerge sehen können, müssen sich nur zutrauen, auch mit ihnen zu kommunizieren. Sie erhalten genau die Informationen, die für ihren Lebensweg wichtig sind."

„Vielen herzlichen Dank, lieber Zwergenkönig Aragon, für die wundervollen Antworten - diese Informationen sind für mich nicht nur einleuchtend, sondern auch sehr wertvoll."«

Als ich die Meditation beendete, konnte ich es kaum erwarten, meinem Mann Arubin davon zu berichten. Auch er freute sich über diese wichtige Botschaften.

Also liebe Leser, wenn Ihr die Zwerge sehen könnt, versucht, mit ihnen Verbindung aufzunehmen. Am besten kommuniziert Ihr telepatisch mit ihnen, da sie eine hohe Schwingung haben. Vergesst aber nicht, dass Ihr Euch ihrer Schwingung angepasst habt, sonst könntet Ihr

sie nicht wahrnehmen. Also nur Mut, sie warten nur darauf, bis wir Menschen wieder mit ihnen zusammen arbeiten.
Seid bitte nicht enttäuscht, wenn es das erste Mal noch nicht klappt. Auch ich kann sie nicht immer gleich wahrnehmen, wenn ich möchte.

Der heilige Raum

Nun war es soweit. Ich durfte den heiligen Raum betreten. Dies hatte mir Zwergenkönig Aragon das letzte Mal noch mitgeteilt. Ich setzte mich gemütlich aufs Sofa und wollte Arubin in das Zwergenschloss in den heiligen Raum führen, aber es war nicht bestimmt, dass wir zusammen dorthin gelangen sollten. Arubin hörte zwar meine Worte, die ihn führen sollten, mich bei der Meditation zu begleiten, konnte aber nicht ins Zwergenschloss gelangen.

Ich öffnete mich der Energie aller Zwerge und sogleich erschienen sie mit ihren Lichtsäulen. Zuerst trat ich in die rote Lichtsäule ein, um mich gut zu erden. Danach in die grüne Lichtsäule, um mein Herz zu öffnen, dann in die blaue, um eventuelles Karma aufzulösen. Daraufhin betrat ich die durchsichtig-silberne Lichtsäule, um mein

Aurafeld zu reinigen. Als nächstes war die weiß-goldene an der Reihe, um mein Kronenchakra zu öffnen und zum Schluss noch die silberne Lichtsäule, um mich der Mutter Erde und dem Göttlichen zu öffnen.

Als ich mich wieder in die Mitte der Zwerge und ihren Lichtsäulen stellte, verband ich mich mit ihnen und ihren Lichtsäulen.
Zuerst kam die weiß-goldene Lichtsäule mit ihrer Energie und wirbelte gegen den Uhrzeiger um mich herum. Danach hüllte mich die rote, die grüne, die blaue, die durchsichtig-glitzernde und zum Schluss noch die silberne Lichtsäule ein.

Es war ein sehr belebendes und wundervolles Gefühl, von all diesen Energien erfüllt zu sein. Ich bat nun darum, dass ich von den Zwergen und ihren Lichtsäulen in den heiligen Raum des Zwergenschlosses geführt werde. Die Farben und Energien verschmolzen so ineinander, bis ich nur noch einen goldenen Lichtstrahl wahrnahm, der mich umwirbelte. Nun bildeten die Zwerge einen Kreis um mich und reichten einander die Hände. Sie begannen, im Uhrzeigersinn um mich herum zu tanzen.

» Die Energie in der goldenen Lichtsäule intensiviert sich. Langsam schwebe ich nach oben, höher und höher in den goldenen Wirbel der Lichtsäule. Jetzt sehe ich ein helles, weißes Licht, in das ich hineingleite. Diese Ruhe und Harmonie ist einfach himmlisch. Vor mir taucht ein weiß-schimmerndes Tor auf. Ich öffne es und schreite hindurch. Ich stehe auf der grünen Wiese, die sich vor dem Zwergenschloss befindet. Sie ist wie aus Samt - so weich. Der Anblick des Zwergenschlosses in seiner vollen Größe ist einfach immer ein wahrer Genuss, wie ein echtes Märchenschloss. Ich gehe die Treppe hinauf zu dem großen Saal. Was ist los? Keine Zwerge da! Dafür befinden sich im Saal an der Decke lebendige Bilder mit Feen und Elfen! Zwergenkönig Aragon erwartet mich bereits in der linken Ecke des großen Saals. Wir begrüßen uns und er fordert mich auf mitzukommen. Ich drehe mich um und bin erstaunt - da ist eine weiße Lifttüre. Sie geht auf und wir steigen ein. Eigenartig, mit diesem Lift zu fahren. Er fährt rasend schnell nach oben, gleichzeitig hab ich aber auch das Gefühl, dass der Lift steht. Einfach unglaublich. Beim Öffnen der Lifttüre verlässt Zwergenkönig Aragon zuerst den Lift. Wir betreten einen runden Raum. Der Boden ist golden, ebenso die Wände unten an dem Boden entlang, nach oben aber verlaufen sie zu einem Blau, das in ein weißes, leuchtendes Licht übergeht. Die Decke dieses Raumes scheint unendlich zu sein. In der Mitte ist die weiße Lichtsäule mit den verschieden farbigen Edelsteinen. Es ist die Göttliche Lichtsäule. Für jeden Zwerg, den wir in der Natur wahrnehmen, schwebt ein Edelstein in der Göttlichen Lichtsäule. Dies ist die Göttliche Energiequelle der Zwerge. Nur sind die Zwerge sich dieser Verbundenheit voll und ganz bewusst.

Die Menschheit muss noch an sich arbeiten. Denn so wie die Zwerge, sind auch wir immer mit dem Göttlichen Licht verbunden. Uns diese Göttliche Verbindung bewusst zu machen, ist auch ein Ziel von den Zwergen.

Die Göttliche Lichtsäule hat etwa einen Durchmesser von 3m und fließt aus einem goldenen Sockel, der etwa 1.50m hoch ist. Dieser Sockel verschmilzt mit dem goldenen Boden. Da erscheint eine Treppe aus goldenem Licht, die direkt in die Göttliche Lichtsäule führt. Zwergenkönig Aragon fordert mich auf, die Treppe, bestehend aus zwölf Stufen, empor zu steigen, um mich mit der Göttlichen Lichtsäule zu verbinden. Was ich da erleben darf, ist so wunderschön, dass es keine passenden Worte gibt, um dies zu beschreiben.

Ich sehe, wie ich durch die Wälder fliege. Zwergenfamilien winken mir zu und lachen. Die Zwergenmänner tragen alle farbige Mützen und haben einen langen Bart. Die Zwergenfrauen binden ihre langen Haare mit farbigen Kopftüchern zusammen und sind gekleidet in Rock und Schürze. Die Zwergenjungen haben Zipfelmützen an und die Mädchen Kopftücher. Die Wälder leuchten in den saftigsten Grüntönen! Die Zwergenfamilien leben in Höhlen oder Holzhütten, die sich zwischen den Wurzeln der Bäume befinden.

Mein drittes Auge fängt stark an zu arbeiten. Die Energie, die zu fließen beginnt, kräuselte sich bis in die Nase hinunter in die Ohren hinein, bis ich Ohrensausen bekomme.

Ich genieße die Energie und lasse einfach alles geschehen. Danach gehe ich die zwölf Stufen wieder hinunter und verlasse somit die Göttliche Lichtsäule der Zwerge. Dankbar stehe ich vor Zwergenkönig Aragon und verneige mich vor ihm. Ich soll wieder in den Lift einsteigen und schon flitzen wir nach unten. Geht es wirklich nach unten? Da ist nämlich wieder dieses sonderbare Gefühl. Einerseits ist mir, als ob wir sehr schnell hinunter rasen, andererseits bleiben wir auch stehen.

Die weiße Lifttüre öffnet sich wieder und ich verlasse nach Zwergenkönig Aragon den Lift und bleibe wie angewurzelt stehen. Der ganze Saal ist voller Zwerge und sie verneigen sich vor mir! Es ist unglaublich! Auch ich verneige mich. Die Zwerge bilden einen Gang, der auf ein Tor zuführt. Ich bedanke mich beim Zwergenkönig und schreite den Gang entlang. Die dortige Energie ist so erfüllt von Liebe, Dankbarkeit und Gnade. Es ist ganz still. Langsam bewege ich mich auf das Tor zu, wobei ich bewusst Liebe aus dem Herzchakra zu den Zwergen sende. Ich schwelge in dieser Liebe, Harmonie und Achtung, die zwischen den Zwergen und mir besteht. Am Tor angelangt, drehe ich mich um und spreche den Zwergen meinen tiefsten Dank aus. Jetzt scheint mein Herz still zu stehen! Die Zwerge jubeln und werfen ihre farbigen Mützen hoch hinauf!

Jetzt öffnet sich das Tor von selbst und ich weiß, dass ich gehen soll. Voller Glückseligkeit schreite ich die Stufen der weißen Treppe hinunter, die mich wieder auf die Wiese führt. Als ich so über die Wiese gehe, sehe ich, wie sich vor mir der Wirbel der goldenen Lichtsäule bildet. Ich lasse mich hineinfallen und sogleich fängt mich die Energie der goldenen Lichtsäule auf. Langsam gleite ich vollständig hinunter. Gerade noch tanzten die Zwerge um mich, als sie stehen bleiben, um sich wieder

an ihren Platz zurück zu stellen. Auch die Lichtsäulen trennen sich wieder voneinander und kehren ebenfalls an ihren Platz zurück. Ich bedanke mich bei allen Zwergen und ihren Lichtsäulen.
Natürlich erde ich mich wieder mit Hilfe der Energie der roten Lichtsäule von Zwerg Sebastian. «

Nach der Meditation erzählte mir Arubin, dass er nicht ins Zwergenschloss gekommen war. Mir wurde bewusst, dass man nur in den heiligen Raum im Zwergenschloss gelangen kann, wenn man schon intensiv mit der Energie der Zwerge gearbeitet hat.

Die Zwerge entscheiden über den richtigen Zeitpunkt, ob jemand ins Zwergenschloss gelangen darf oder nicht. Wenn Du mit der Energie der Zwerge gearbeitet hast und verspürst einen inneren Drang, ins Zwergenschloss zu gehen, dann versuche es einfach. Sei aber nicht betrübt, wenn es nicht gleich beim ersten Mal klappt. Die Zwerge wollen Dich vielleicht nur testen, ob es Dir wirklich ernst ist.

Meditation ins Zwergenschloss

1. Öffne Dich der Energie aller Zwerge und ihren Lichtsäulen.
2. Dann nehme wahr, wie sie um Dich herum erscheinen.
3. Trete nun in jede Lichtsäule nacheinander ein, zuerst die rote Lichtsäule, danach die grüne, die blaue, die durchsichtig-glitzernde, die weiß-goldene und zum Schluss die silberne Lichtsäule.
4. Danach bitte die Zwerge, dass Dich alle Lichtsäulen mit ihrer Energie einhüllen.
5. Wenn Du dies alles gemacht hast und in die Energie der Lichtsäulen eingehüllt bist, bitte darum, ins Zwergenschloss zu gelangen.
6. Lasse einfach geschehen und genieße, was jetzt für Dich bestimmt ist.
7. Am Schluss verlasse diesen Ort und komme zurück wie bei den anderen Meditationen.
8. Öffne Dich dann noch der Energie von Zwerg Sebastian und seiner roten Lichtsäule.
9. Bedanke Dich immer aus ganzem Herzen für das, was sich Dir offenbart hat.

Die Pyramiden der Lichtsäulen

Jetzt ist der Zeitpunkt gekommen, über die Botschaft zu berichten, die Arubin in der Meditation - das Geheimnis der grünen Lichtsäule - bekommen hat.

Er nahm wahr, wie jede Lichtsäule eine Pyramide besaß, in der sich zwölf Türen befanden. Ich solle diese zwölf Türen besuchen und von ihnen berichten. Die Türen, durch die man dort eintreten kann, machen einem sehr viel bewusst und helfen Dir, Deine Aufgaben zu erkennen, die Du hier auf dem Planeten Erde gewählt hast.

Nun beschreibe ich Dir die Meditation, um in die Pyramiden zu gelangen. Danach berichte ich Dir von den verschieden Türen. Betrete immer die Türe, die Dich am meisten anzieht, denn genau dies wird das Thema sein, das für Dich jetzt gerade am wichtigsten ist.

Die Pyramide erscheint mir immer in derselben Farbe wie die Lichtsäule, die mich in die Pyramide hinaufschweben lässt. Die Türen sehe ich immer in einem hellen Gelb und sind mit der Farbe der Lichtsäule beschriftet.

Wenn Du durch die Türen schreitest, wirst Du von einem Zwerg abgeholt, der Dich dann weiter zu dem Ort führt, mit welcher die Türe beschriftet ist. Ich kann Dir nur ungefähr beschreiben, was hinter den einzelnen Türen geschehen könnte, denn jeder erlebt es auf seine Weise.

Dies ist auch wichtig, denn jeder ist ein eigenständiges, Göttliches Wesen, das genau die für seinen Lebensweg richtige Erfahrung und Bewusstwerdung macht.

Meditation zu den Pyramiden

1. Setzte oder lege Dich bequem hin.
2. Atme 3x tief durch.
3. Öffne Dich der Energie des Zwerges und dessen Lichtsäule, die Du besuchen möchtest.
4. Nehme wahr, wie der Zwerg und seine Lichtsäule vor Dir erstrahlt.
5. Trete in die Lichtsäule ein und nehme ihre Energie wahr, die Dich umwirbelt.
6. Bitte nun den Zwerg und seine Lichtsäule, Dich in die Pyramide mit den zwölf Türen zu führen.
7. Nehme wahr, wie Du zu schweben beginnst, immer höher hinauf.
8. Erkenne nun, wie über Dir die Pyramide in der Farbe der Lichtsäule erstrahlt.
9. Nehme wahr, wie Du direkt von unten durch den Boden in die Pyramide hineinschwebst.

10. Fühle die Energie, die Dich in dieser wunderschönen Pyramide aus dem farbigen Licht umhüllt.
11. Erkenne die zwölf Türen, die sich in den Pyramidenwänden befinden. In jeder Wand sind drei hellgelbe Türen zu erkennen.
12. Lasse Dich nach Deiner Intuition führen und gehe auf eine Türe zu.
13. Lese, was geschrieben steht und trete hinein.
14. Nehme wahr, wie Dich ein Zwerg abholt und das erleben lässt, was für Dich bestimmt ist.
15. Wenn Du spürst, dass Du diesen Ort verlassen sollst, bedanke Dich bei dem Zwerg, der Dich geführt hat.
16. Verlasse die Pyramide durch den Wirbel der Lichtsäule, der am Boden erschienen ist.
17. Lasse Dich einfach hineinfallen. Die Energie der Lichtsäule fängt Dich auf und lässt Dich langsam hinunter gleiten.
18. Verbleibe noch ein wenig in der Lichtsäule, trete danach hinaus und bedanke Dich bei dem Zwerg und seiner Lichtsäule, der Dich geführt habt.
19. Wenn Du nicht in der Pyramide von Zwerg Sebastian und seiner roten Lichtsäule warst, öffne Dich noch der Energie von Sebastian dem Zwerg und seiner roten Lichtsäule, um Dich wieder gut zu erden.

Wie bereits erwähnt, ist es ratsam, das Erlebte in einem persönlichen Meditationsbuch aufzuschreiben.

Die zwölf Türen der Pyramide der roten Lichtsäule

Ich beschreibe Dir nun die Türen, die ich in der Pyramide aus rotem Licht wahrnehme. Die Türen haben nur Namen, bekommen jedoch keine Nummerierung, denn es geht nicht darum, möglichst schnell alle zwölf Türen zu durchlaufen, sondern sie bewusst aufzunehmen.

Mutter Erde

An dieser Türe wurde ich von einem Zwerg abgeholt, der mich in das Innerste der Mutter Erde führte. Ich befand mich zwischen der glutheißen Lava und dem Beginn des festen Gesteins. Ich durfte die Energie der Mutter Erde wahrnehmen und ihre Seele spüren.
Lasse Dich einfach führen, wohin Dich dieser Zwerg geleitet. Dir wird bewusst, dass die Mutter Erde eine Seele hat.

Zwerg der Fülle

Der Zwerg, der mich bei dieser Türe abholte, brachte mich einen Berg hinauf, in eine Höhle. Ich folgte ihm in die Höhle und sah in dem hinteren Teil einen Regenbogen, der die Höhle vollständig in seinen Farben beleuchtete. Der Zwerg gab mir zu verstehen, dass ich mich Mitten in den Regenbogen stellen solle, um mich seiner Energie hinzugeben. Diese Energie war so wunderbar belebend und ich gewann eine innere Sicherheit auf das materielle Leben hier auf Erden, die ich bis dahin noch nicht erkennen konnte.

Der Zwerg der Erdung

Ein wunderschöner, rot leuchtender Zwerg erwartete mich an dieser Türe. Er führte mich in einen Raum, der in rotem Licht erstrahlte. Dieser Zwerg brachte mich in die Mitte des Raumes und berührte meinen Kopf. Da floss rotes, warmes Licht durch mein Kronen-, Stirn-, Hals- und Herzchakra, Solarplexus, Sakral- und Wurzelchakra, die Beine entlang hinunter in die Fusschakren direkt in die Mitte der Mutter Erde. Es war wundervoll, diese Energie wahrzunehmen.

Erzengel Anael

Die Lichtwesen-Essenz des Elementes Feuer

Als ich durch diese Türe schritt, befand ich mich auf einer rosa Wolke, irgendwo im Kosmos. Der Zwerg, der mich hier erwartete, gab mir zu verstehen, dass ich mich einfach hinstellen solle, um zu genießen, was jetzt passiert. Er selbst stellte sich hinter mich und legte mir seine linke Hand auf den Rücken zwischen die Schulterblätter und seine rechte auf den Hinterkopf. Da erschien vor mir Erzengel Anael. Ich erkannte ihn als ein helles Lichtwesen mit riesigen Flügeln aus feurigem Rot, das von einem mächtigen Feuer umgeben war. Erzengel Anael breitete seine Flügel aus und wickelte sie wie ein

Zelt um mich herum. Wunderbar! Diese feurige und wärmende Energie! So voller Tatendrang!

Erzengel Nathanael

Die Lichtwesen-Essenz des Elementes Luft

Als ich durch diese Türe schritt, bemerkte ich einen leichten, erfrischenden Windhauch. Der Zwerg, der mich hier abholte, nahm mich an der Hand und wir begannen, mit dem Windhauch empor zu schweben und landeten auf einer weißen Wolke, die sich in einem türkisfarbenen Himmel befand. Der Zwerg stellte sich hinter mich und legte seine linke Hand auf den Rücken zwischen die Schulterblätter und die rechte auf den Hinterkopf. Vor mir erschien Erzengel Nathanael. Er war riesengroß und der helle, weiße Lichtkörper funkelte golden. Die großen Flügel waren hellblau. Um ihn herum war ebenfalls die erfrischende Brise. Erzengel Nathanael breitete seine Flügel aus und der Windhauch verstärkte sich, war aber trotzdem sehr angenehm. Die Luft füllte sich mit goldenen Lichtfunken, die mein Körper regelrecht aufsog. Es war ein himmlisches Gefühl, mit dieser Energie durchflutet zu werden. Als ich mich bei Erzengel Nathanael bedankt hatte, schwebte ich mit dem Zwerg wieder zur Türe zurück, durch die ich gekommen war.

Erzengel Raguel

Die Lichtwesen-Essenz des Baumes

Als ich die Türe zu Erzengel Raguel öffnete, holte mich ein lustiger Zwerg ab, der in ein grünes Zwergenkostüm gekleidet war. Er grinste über das ganze Gesicht und begleitete mich durch eine wunderbare Landschaft mit verschieden großen Bäumen, Sträuchern und Gräsern. Es schien alles so lebendig zu sein! Die Pflanzen waren so energievoll und es war mir, als ob sie flüsterten. Der Zwerg führte mich auf eine Lichtung, die in einem hellgrünen Licht erstrahlte. Sie war eingesäumt von riesengroßen Bäumen. Als ich mich in die Mitte dieser Lichtung stellte, intensivierte sich die Energie. Da erschien Erzengel Raguel vor mir. Er erstrahlte in einem hellgrünen Licht mit großen Flügeln, legte eine Hand auf mein Kronenchakra und sogleich durchflutete mich eine unglaubliche, kräftige Energiewelle. Deutlich konnte ich die Verbindung zwischen den Pflanzen spüren - diese Einheit, die sie bildeten - es war unglaublich schön.
Der Zwerg begleitete mich wieder zu der Türe zurück, nachdem ich mich bei Erzengel Raguel bedankt hatte.

Selbstliebe

Auf diese Türe war ich sehr gespannt, da ich wusste, dass meine Selbstliebe noch zu wünschen übrig lässt.
Als ich durch diese Türe schritt, stand ich an einem Höhleneingang. Der Eingang war eher dunkel, weiter hinten jedoch ein helles Licht. Es war auch kein Zwerg da, der mich abholte. Es wurde mir bewusst: Die Liebe

zu mir selbst, kann mir weder ein Zwerg noch sonst irgendwer vermitteln, sondern nur ich selbst.
Also ging ich durch die Höhle auf das helle Licht zu. Es wurde immer heller und war voller rosa Funken. Sogleich begriff ich, dass dieser Ort mit der Christusenergie erfüllt war. Ich stellte mich also mitten in dieses Licht und ließ diese liebevolle Energie durch mich fließen, wobei ich ganz deutlich mein ganzes menschliche Wesen wahrnahm. Ich begann, meinem physischen Körper, Emotional- und Mentalkörper meine Liebe zu senden und dankte ihnen dafür, dass sie mit mir diesen wunderbaren Weg der Göttlichkeit gehen.
Auch für diese sehr schöne Energie bedankte ich mich und ging durch die Höhle zurück. Sie wurde nun heller, da ich sie mit meinem ganzen Wesen, das erstrahlt war, beleuchtete.

Inneres Kind

Bei dieser Türe holte mich eine Zwergenfrau ab. Sie hatte ein sehr liebevolles und freundliches Gesicht mit großen, gütigen Augen. Sie nahm mich an der Hand und führte mich eine Treppe mit zwölf Stufen hinunter. Als wir unten ankamen, öffnete sie eine Türe und ich konnte mich als etwa vier jähriges Mädchen erkennen. Es sprang mir geradewegs in die Arme. Ich trug das Mädchen die Stufen hinauf ins Licht, das durch die offene Türe leuchtete, durch die ich von der Pyramide her gekommen war.
Nun geschah etwas wunderbares. Das Mädchen und ich umarmten uns, bis wir ineinander verschmolzen.

Wenn Ihr das erste Mal Eurem inneren Kind begegnet, kann es sein, dass es nicht mitkommt. Schickt ihm Eure Liebe und redet mit ihm, gebt ihm zu verstehen, dass Ihr es nicht vernachlässigt. Tröstet es, zeigt ihm, dass es nun sicher ist und die Ängste von früher loslassen kann. Vielleicht könnt Ihr Euer inneres Kind beim zweiten oder dritten Mal mit die Treppe hinauf nehmen. Es will einfach sehen, ob Ihr es ernst meint und es bei Euch auch wirklich sicher und geborgen ist.

Die Macht der Kinder

Der Zwerg, der mich an dieser Türe abholte, glich einem Professor mit einer runden Brille, langem, weißen Bart und einem weisem Gesichtsausdruck.
Er führte mich durch einen hellen Gang, dessen Wände créme-weiss waren. Am Ende des Ganges trat ich in einen Schulsaal. Er gab mir zu verstehen, dass ich mich setzen solle, um abzuwarten, was geschieht.
Plötzlich war um mich herum eine ganze Schulklasse! Die Kinder waren etwa in dem Alter von acht Jahren. Ich spürte den Geist dieser Schulklasse. Ich fühlte ihn, konnte erkennen, was für einen starken Glauben diese Kinder hatten. Sie konnten fühlen und wahrnehmen, wer sie sind und woher sie kommen. Die Macht der Kinder ist die, uns zu lehren, das Sein zu erkennen, indem wir uns durch ihrer Kindlichkeit zu unserem inneren Kind führen lassen.
Von Geburt an sind sich alle Kinder der Verbindung zur Göttlichen Quelle voll bewusst. Dieses Bewusstsein bleibt bei immer mehr Kindern bestehen, auch wenn sie

älter werden. Sie helfen uns, in unserer inneren Mitte zu bleiben. Sie sind die Spiegelbilder von uns Erwachsenen. Ich spreche hier als Mutter von drei Jungen, die meine besten Professoren sind. Sie zeigen mir, dass ich in jeder Situation in meiner Mitte bleiben und dementsprechend agieren kann.
Es wechselt sich die Rolle des Professors immer ab: Einmal ich und einmal die Kinder. So formt sich unsere Familie zu einem harmonischen Team.
Ich bedankte mich für diese lehrreiche Erfahrung. Der Zwergenprofessor führte mich zu der Türe zurück, durch die ich gekommen war.

Begeisterung

Als ich durch diese Türe trat, tauchte ich in ein regenbogenfarbiges Licht ein. Ich konnte kein oben und unten wahrnehmen. Es war einfach wunderschön, ein mystischer Ort voller Freude, Liebe und Begeisterung. Die Energie war so belebend und antreibend.
Auch hier war kein Zwerg zu sehen. Mir wurde bewusst: Die Begeisterung für Deinen Göttlichen Weg zu entfalten und diesen auch zu beschreiten, kannst Du nur in Dir selbst finden.
Ich genoss einfach die wunderbare Energie und meine innere Stärke wuchs. Mit jedem Atemzug spürte ich, wie meine Begeisterung wuchs, meinen Göttlichen Weg zu gehen. Ich freute mich darauf, all meine Göttlichen Aufgaben zu erfüllen.
Dankend verließ ich diesen mystischen, wunderbaren Kraftort. Geht es mir einmal nicht so gut, kann ich

hierher zurück kommen, um aufzutanken und die Göttliche Freude zu spüren.

Der Glaube

An dieser Türe holte mich wieder ein Zwerg ab. Er war wie ein Mönch gekleidet und führte mich zu einem kleinen Altar. Er gab mir zu verstehen, dass ich mich hinsetzen solle. Er nahm an der gegenüberliegenden Seite des Altars Platz und gab mir die Anweisung, ich solle meine Hände mit den Handflächen nach oben auf den Altar legen. Er legte seine Hände auf meine.
Nun füllte sich der Raum mit einem weißen Licht und die Energie stieg an. Für mich fühlte es sich wie die Buddhaenergie an. Mein Glauben wurde gestärkt. Dies zu beschreiben ist nicht möglich. Es ist das innere Wissen. Du begreifst, dass mit dem menschlichen Verstand nicht alles zu erfassen ist. Aber glaube an Deine Größe, an Deine Aufgabe, die Du als Mensch gewählt hast.
Der Zwerg begleitete mich zu der Türe zurück und ich bedankte mich bei ihm.

Roter Diamant

Auf diese Türe freute ich mich sehr! Hier bekommt man eine Einweihung von der Energie von Sebastian dem Zwerg und seiner roten Lichtsäule.
Ich schritt durch die Türe in einen sechseckigen, hell erleuchteten Raum. In der Mitte schwebte der rote

Diamant. Zwerg Sebastian kam auf mich zu und geleitete mich zu diesem Diamanten. Nun sollte ich meine Hände darauf legen. Er stellte sich mir gegenüber und legte seine Hände auf meine.
Es war traumhaft - mein ganzes Wesen erfüllte sich mit einem roten Licht. Die Energie durchströmte alle meine Körperebenen und ich genoss einfach die Energie.
Zwerg Sebastian nahm mich bei der Hand und begleitete mich zur Türe zurück. Ich bedankte mich bei ihm.

Das waren die zwölf Türen der roten Pyramide. Beschreite nicht alle auf einmal, sondern lasse Dich von Deinem Inneren führen, durch welche Türe Du gehen sollst.
Wenn Du eine Türe öffnest und durchgehst, vertraue dem Zwerg, der Dich abholt. Du wirst erleben, was für Dich im Jetzt richtig und wichtig ist.
Auch wenn Du die Türe anders erlebst als ich, stimmt das für Dich. So wie Du ein eigenständiges Göttliches Wesen bist, so bin ich auch ein eigenständiges Göttliches Wesen. Jeder hat seine Aufgabe gewählt, die er hier auf der Erde erfüllen darf. So wird auch jeder genau seine Erlebnisse und Erkenntnisse machen, die für seinen Weg wichtig und richtig sind.

Die zwölf Türen der Pyramide der grünen Lichtsäule

Ich werde hier die zwölf Türen der Pyramide beschreiben, in die ich durch die grüne Lichtsäule kam. Diese Pyramide nehme ich in dem selben grünen Licht wahr, wie die Lichtsäule, die mich dorthin brachte.

Der Zwerg des Glücks

Ein strahlender Zwerg mit hellgrüner Hose, dunkelgrüner Kutte und Zipfelmütze holte mich bei dieser Türe ab. Er strahlte über das ganze Gesicht, nahm mich bei der Hand und führte mich durch ein dicht bewaldetes Waldstück. Dort standen sehr dicke Baumstämme, die riesige Baumkronen trugen, um sich weit in einen märchenhaften, stahlblauen Himmel empor zu strecken. Der Waldboden war bedeckt mit sattgrünem Moos und so weich wie Watte. Der Zwerg führte mich an einen kleinen Teich, mitten in einer Waldlichtung. Er gab mir zu verstehen, dies sei der Teich des Glücks, und er der Zwerg des Glücks. Ich dürfe hier in dem Teich baden - so werde ich das Glück anziehen.
Langsam ließ ich mich in den Teich gleiten. Das Wasser war sehr klar und angenehm warm. Als ich abtauchte und zum Himmel emporschaute, konnte ich erkennen, dass das Wasser mit tausend von glitzernden Punkten angereichert war. Sie sahen aus wie ganz kleine Diamanten, die in einer Harmonie und einer Gelassenheit durchs Wasser tanzten. Ich genoss dieses wunderschöne

Schauspiel, die Harmonie und Ruhe und ein unglaubliches Glücksgefühl durchströmte mich. Zurück am Ufer bemerkte ich, wie mein ganzer Körper voll von glitzernden Pünktchen war. Der Zwerg des Glücks ließ mich wissen, dass ich nun das Glück anziehen werde, und wenn ich einmal das Gefühl habe, dass mich das Glück verlassen habe, solle ich einfach wieder zu ihm kommen.
Ich bedankte mich von ganzem Herzen bei ihm und er brachte mich wieder zu der Türe zurück, von der ich gekommen war.

Der Zwerg der Emotionen

Ein rundlicher Zwerg holte mich bei dieser Türe ab. Er hatte ein gemütliches Gesicht, rote Backen und einen weißen Bart. Er war wirklich die Gemütlichkeit in Person. So eine bodenständige Ruhe und doch geheimnisvoll.
Nun hatte ich einen hellen Raum betreten. Der Boden war in einem rötlichen Braun, die Wände in einem hellen Gelb. Ganz hinten, in der Mitte des Raumes, stand eine Waage. Sie hatte silberne Schalen. Der Zwerg zeigte auf die rechte Schale und ich wusste, dass ich mich auf diese Schale stellen sollte. Also ging ich zur Waage hin und tat, wie mir geheißen. Der Zwerg hob seine Hände über die linke Schale und eine gelbliche Energie-Masse floss aus seinen Händen hinein.
Jetzt stellte er sich vor mich hin und schaute zu, wie die linke Schale leicht nach oben ging. Ich bemerkte, dass

ich nicht völlig im Gleichgewicht mit meinen Emotionen bin.
Der Zwerg erklärte: „Thera, Deine Emotionen sind nicht völlig im Gleichgewicht. Dies ist nicht tragisch, aber vergiss nie, wenn Du voller Freude erfüllt bist, kehre wieder in Deine Mitte zurück. Ebenso, wenn Du traurig oder wütend bist. Es ist Deine Entscheidung, traurig oder wütend zu sein. Wie fest Du die Emotionen zulässt, ist ebenso Deine Entscheidung. Du bist nie ein Opfer! Es ist Dein Wille. Wichtig ist, immer wieder ins innere Gleichgewicht zurück zu finden, sonst bist Du nicht mehr Du selbst.
Auch wenn die Waage Ausgeglichenheit anzeigt, heißt das nicht, dass Du deine Emotionen nicht mehr zeigen kannst oder darfst. Sondern, dass Du sehr schnell wieder in Deine innere Mitte zurück finden kannst. Egal, ob Du traurig oder wütend bist."
Ich bedankte mich bei dem Zwerg. Er nahm mich bei der Hand und ich kam von der Waage herunter und ließ mich zu der Türe zurück führen.

Der Zwerg der Natur

Ein wunderbarer Geruch kam mir beim Betreten dieser Türe entgegen. Die Frische des Waldes - die Freiheit der Natur. Ich atmete tief in vollem Genuss und betrat eine schöne Waldlichtung. Sie war von verschiedenen Bäumen umgeben und auf der Wiese lachten mir die schönsten und vielfältigsten Blumen entgegen, die ich je gesehen hatte. Mitten auf der Wiese saß ein farbig gekleideter Zwerg im Schneidersitz. Er schien auf mich

zu warten. Ich ging auf ihn zu und setzte mich ihm gegenüber. Als ich ihn gerade begrüßen wollte, schaute er mich mit seinen stahlblauen Augen an und ich verstand. Ich sollte still sitzen, um den Geist der Natur spüren zu können.
Ich konzentrierte mich auf die Umgebung. Plötzlich spürte ich den Atem der Bäume in meinem Körper, in meinen Lungen. Der harmonischen Rhythmus der Blumen, die sich im Wind wiegten, betörte meine Sinne. Alles war lebendig und schien ein Lied zu spielen.
Ich saß einfach nur da, tat nichts, genoss nur, was war. Ich fühlte diese Einheit, den Geist, das Leben der ganzen Natur, das auch ich bin.
Ich bemerkte, dass der Zwerg aufgestanden war. Da nahm er mich an der Hand, um mich zu einem Baum zu führen. Im Baumstamm war eine Türe erschienen. Sie öffnete sich - es war die Verbindung zur Pyramide. Ich bedankte mich und trat durch die Türe in die Pyramide zurück.

Der Baum

Als ich durch diese Türe gelangte, stand ich auf einer Wiese und ein großer Baum, der sich auf einem Hügel befand, war zu sehen. Er war ohne Blätter, obwohl ich nicht das Gefühl hatte, dass es Herbst war. Am Fuße des Hügels winkte mir ein Zwerg zu, ich solle zu ihm kommen. Als ich ihn fast erreicht hatte, ging er weiter den Hügel hinauf auf den Baum zu. Er blickte sich immer wieder um, ob ich ihm auch folgte. Unter dem Baum blieb er stehen und wartete, bis ich auch angekommen

war. Ich sollte den Baum umarmen. Ok, also stellte ich mich ganz nahe an den Baumstamm und legte meine Arme so weit sie reichten um ihn. Es war unglaublich - ich verschmolz mit dem Baum. Ich war der Baum und nahm wahr, wie die Wurzeln in die Erde wuchsen, wie die Nahrung der Erde durch die Wurzeln den Baumstamm hinauf floss. Dann lief sie in die Äste, die Knospen und sogar die Blätter fingen zu wachsen an. Ich spürte den Kreislauf des Lebens. Die gewachsen Blätter fingen zu atmen an. Es war wunderschön. Ich sah als Baum über die ganze Landschaft und weit in den blauen Himmel hinauf.
Langsam löste ich mich wieder von dem Baum und bedankte mich bei ihm. Der Zwerg, der mich hier hin führte, hatte ein zufriedenes Lächeln auf dem Gesicht und geleitete mich wieder zurück zur Tür. Mit bestem Dank verabschiedete ich mich bei ihm. Bevor ich in die Pyramide trat, schaute ich noch einmal zu dem Baum. Er war jetzt voll von grünen, saftigen Blätter und rosaroten Blüten.

Die Blume

Und wieder kam ich auf eine Wiese. Sie war riesengroß und voll von Blumen der unterschiedlichsten Arten. Der Zwerg, der auf mich zukam, hatte keine Zipfelmütze an. Seine schulterlangen, weißen Haare waren mit verschiedenen Blüten geschmückt. Sogar der weiße Bart wurde von Blüten geziert. Ich durfte mir eine Blume aussuchen, um mich davor zu setzen. Für eine gelbe Gerbera schlug mein Herz. Ihre Blüte war weit geöffnet,

und als ich mich vor sie setzte, begrüßte sie mich! Auch ich sendete ihr meinen Gruß und bestaunte ihre Schönheit. Da geschah es wie beim Baum - ich wurde zu der Blume. Ich spürte die feinen Wurzeln, die sich kräftig in die Erde verankert hatten. Ich spürte die Energie in den Blättern und in der Blüte. Ich fühlte den Geist der Blume. Plötzlich saß ich wieder gegenüber der gelben Gerbera. Ich war mit Ehrfurcht erfüllt, denn mir wurde bewusst, wie viele Blumen einfach von uns in eine Vase gestellt werden und dass dies nicht nur schöne Blumensträuße sind, sondern ein Bündel Natur.
Ich erhob mich und ging zu dem Zwerg zurück. Ich bedankte mich bei ihm. Er verwies nochmals darauf, dass jede Blume und jede Pflanze lebendige Wesen sind.
Ich ging durch die Tür zurück in die Pyramide.

Tiere

Schon bevor ich durch diese Türe ging, wusste ich, dass auch jedes Tier eine Seele hat... und Gefühle.
Der Zwerg, der mich an dort abholte, teilte mir telepathisch mit: „Denke an einen schönen Ort, an dem Du ganz alleine mit Deinem Lieblingstier sein möchtest.“ Kaum hatte ich an ein Pferd und einen weißen Sandstrand gedacht, befand ich mich schon am Meer. Die Luft war salzig und warm. Ein traumhafter Sandstrand, der leicht von den ruhigen Wellen des türkisfarbenen Meeres gestreichelt wurde. Ich genoss diesen wunderbaren Ort, die Stille und die Energie. Plötzlich kam ein rassiges, weißes Pferd mit langer, wilder Mähne auf mich zu. Sein Anblick war majestätisch. Es blieb vor

mir stehen. Der Atem, der aus den Nüstern blies, war auf meiner Haut zu spüren. Langsam hob ich meine Hand und berührte es sanft an den Nüstern. Es lud mich ein, auf seinen Rücken zu steigen und langsam begann es am Meer entlang zu gehen. Es war einfach märchenhaft. Das Pferd begann zuerst zu traben, bevor es in einen rasenden Galopp überwechselte. Ich hatte das Gefühl, als schwebte ich über dem Strand. Das Pferd und ich waren eins - kein Unterschied - nicht mehr zu erkennen, was war ich und was das Pferd. Ich sah durch die Augen des Pferdes und konnte jede Bewegung der Muskeln wahrnehmen - die Sensibilität, die Kraft, die Energie und die Freiheit.
Das Pferd wurde langsamer und ich sah mich wieder auf dem Pferd. Als es stehen bliebt, stieg ich ab und bedankte mich. Es verschwand am Horizont.
Da nahm ich wahr, wie der Zwerg vor mir erschienen war und so sprach ich meinen Dank aus. Er brachte mich zurück zur Türe.

Wasser

Durch diese Türe trat ich direkt an einen reißenden Bach. Das Wasser stürzte einen Wasserfall hinunter, um in die Stille des Sees einzutauchen. Ich stand oberhalb des Wasserfalles und spürte die Kraft. Ein Zwerg, der plötzlich neben mir stand, begrüßte mich. Auch ich entgegnete den Gruß und schon erkannte ich meine Aufgabe: Ich stellte mich ganz vorne an den Felsen, wo das Wasser hinunter plätscherte und sprang in den Wasserfall. Sanft wurde ich vom Wasser aufgefangen; und wieder gab es keinen Unterschied zwischen mir und

dem Wasser - wir waren eins. Ich streichelte die verschiedensten Fische. Die Wasserpflanzen neigten sich in der Strömung und gleichzeitig nahm ich wahr, wie sie Nahrung aus dem Wasser aufnahmen. Ich konnte den Geist des Wassers spüren, der alle Seen, Meere und Flüsse verband. Die Energie des Wassers war voller Lebenskraft. Dies alles in Worte zu fassen ist fast nicht möglich.
Als ich bemerkte, dass ich mich langsam vom Wasser löste, stand ich auch schon wieder oben am Wasserfall bei dem Zwerg. Ich bedankte mich bei ihm. Er sagte mir noch: „Traget Sorge zu Euren Seen, Flüssen und Meeren, sie sind das Lebenselixier für die Natur, die Tiere und die Menschen. Alles, was Ihr dem Wasser antut, tut Ihr Euch selbst an. Geht bewusst um mit diesem Element und lernt es zu schätzen.“
Ich erkannte, dass ich das Wasser als eine Selbstverständlichkeit anschaute. In der Schweiz ist immer genügend Wasser vorhanden, und so kann man sich schwer vorstellen, ohne genügend Wasser zu leben.
Ich verabschiedete mich dankend bei dem Zwerg und ging durch die Türe zurück in die Pyramide.

Berge

Als ich durch diese Türe schritt, stand ich am Fuße eines hohen Berges. Ein Zwerg saß weiter vorne auf einem Stein. Er schien auf mich zu warten. Ich ging zu ihm hinüber und wir gegrüßten uns. Der gemeinsame Aufstieg bis in den obersten Gipfel war unser Ziel. Gut, dachte ich, wird wohl etwas anstrengend werden!

(Natürlich geht hier in diesen Dimensionen alles mit einer sagenhaften Leichtigkeit!) Der Zwerg ging neben mir her und sagte, ich solle mich auf die Energie konzentrieren. Ich nahm die erfrischende Bergluft in mich auf und bewunderte die zunehmende Aussicht auf ein wundervolles Tal. Auf dem Gipfel angekommen, fragte mich der Zwerg: „Hast Du etwas bemerkt?“ „Ja, die Energie wurde mit jedem Schritt hochschwingender.“ Der Zwerg ließ mich wissen, dass die Berge mit den Pyramiden zu vergleichen sind. Beides sind Kraftorte, deren Spitzen in den Himmel hinauf ragen.
So genoss ich die wundervolle Energie und ließ sie in mich einströmen. Der Zwerg nahm mich nach einer Weile an der Hand und brachte mich den Berg hinunter zu einer offen stehenden Türe, durch die ich zurück in die Pyramiden gelangte. Natürlich hatte ich mich auch bedankt!

Naturdevas

Hinter dieser Türe erstreckte sich eine Wiese vor einem Waldrand, auf den ich langsam zuging. Ein Zwerg begrüßte mich und wir setzten uns gemütlich auf das Grün. Ich durfte ein wunderschönes Schauspiel beobachten. Elfen flogen von Blume zu Blume und schienen ihnen etwas einzuhauchen. Zwerge marschierten über die Wiese. Gnome kletterten bei den Wurzeln der Bäumen umher. Zarte Musik und ein lieblicher Gesang ließen mich in totale innere Zufriedenheit gleiten. Jeder hatte seine Aufgabe und sie lebten in völliger Harmonie miteinander.

Ich genoss noch eine Weile und bedankte mich bei dem Zwerg neben mir. Er sprach: „Lasst die Naturdevas wieder in Eure Herzen - sie können Euch viel zeigen. Vor langer Zeit lebtet Ihr mit ihnen zusammen."
Wie immer, verließ ich den Ort wieder so wie ich gekommen war.

Pan, Gott der Natur

Zu Pan habe ich einen besonderen Bezug, da er einer meiner Geistführer ist. Sein helles Wesen ist sehr humorvoll und seine Energie so freudig und voller Verspieltheit, sodass man automatisch von dieser Energie mitgerissen wird, wenn er erscheint. Visuell sind die Umrisse eines gut gebauten Oberkörpers und ein Gesicht mit spitzem Kinn wahrzunehmen, alles in verschieden hellen Gelbtönen.

Ich betrat diese Tür und gelangte an einen See. Auf der gegenüberliegenden Seite plätscherte ein Wasserfall hinein. Rund herum sammelten sich die verschiedensten Tiere. Naturdevas tanzten in den weiter hinten liegenden Bäumen und auf dem See war Pan. Wie immer wurde bei der Begegnung mit ihm die Energie sehr freudvoll und etwas schalkhaftes lag in der Luft. Er schwebte über dem See auf mich zu und legte die Hand auf meine Schulter. Eine kraftvolle Energiewelle durchströmte mich. Pan teilte mir mit: „Ich bin so stolz auf Dich und freue mich, dass Du Deinen Weg zusammen mit Deiner Dualseele (Arubin) gehst." Nun streckte er mir die Hand entgegen und legte einen weiß leuchtenden Schmetterling, der

plötzlich da war, in mein Herzzentrum und sagte mir: „Thera, öffne Deine Flügel und flieg! Sei immer bereit weiter empor zu steigen!"
Ich bedankte mich bei ihm mit einer leichten Verneigung. Alle Tiere und Naturdevas waren ganz still geworden. Eine wunderschöne Stimmung hatte sich ausgebreitet - unbeschreiblich.
Pan löste sich auf und ich ging durch die Türe in die Pyramide zurück, die hinter mir erschienen war.

Herz

Durch diese Türe gelangte ich in eine mystische Nebellandschaft. Sie war nicht etwa grau und düster, sondern rosa und freundlich. Während ich so schwebte, kam ein Zwerg, ebenfalls schwebend, auf mich zu und forderte mich auf, ich solle ihm die Energie hier beschreiben. Eine liebevolle, wunderschöne Energie erfülle mein Wesen - die Christusenergie. Sie weitete das Herzchakra und es wurde mit rosa Energie gefüllt. Ich war reine Liebe und verspürte ein tiefes Glücksgefühl, Geborgenheit und inneren Frieden. Einfach Göttlich!
Mit jedem Atemzug verstärkte sich dieses wunderschöne Gefühl, die Liebe zu sein. Der Zwerg ließ mich wissen: „Öffnet Euer Herzchakra. Die Liebe ist die größte Göttliche Kraft. Nichts ist stärker als die Liebe und nichts kann ohne Liebe existieren. Lebt die Liebe - seid die Liebe!"
An diesem wunderbaren Ort wird das Herzchakra geöffnet.

Ich bedankte mich bei dem Zwerg und er geleitete mich zur Türe zurück, durch die ich wieder in die Pyramide gelangte.

Grüner Diamant

Auf diese Türe freute ich mich sehr, denn dort wird man in die Energie von Vincent dem Zwerg und seiner grünen Lichtsäule eingeweiht.
Ich schritt durch die Türe in einen sechseckigen, hell erleuchteten Raum. In der Mitte schwebte der grüne Diamant, zu dem mich Zwerg Vincent führte. Ich solle meine Hände darauf legen. Er stellte sich mir gegenüber und legte seine Hände auf meine. Es war traumhaft, da die Energie alle meine Körperebenen und mein ganzes Wesen mit einem grünen Licht füllte. Zwerg Vincent und ich gingen Hand in Hand zur Türe zurück. Ich bedankte mich bei ihm.

Das waren nun die zwölf Türen der grünen Pyramide. Beschreite nicht alle auf einmal, sondern vertraue Dir, durch welche Türe Du gehen sollst.
Lasse Dich von dem Zwerg führen, der Dich abholt. Du wirst genau dies erleben, was für Dich im Jetzt richtig und wichtig ist.

Bist Du wieder zurückgekehrt, so ist es sinnvoll, sich mit Zwerg Sebastian und seiner roten Lichtsäule zu verbinden, um gut geerdet zu sein.

Die zwölf Türen der Pyramide der blauen Lichtsäule

Ich beschreibe hier die zwölf Türen der Pyramide, in die ich durch die blaue Lichtsäule kam.
Diese Pyramide nehme ich in dem selben blauen Licht wahr, wie die Lichtsäule, die mich dorthin brachte.

Karma im jetzigen Leben

Durch diese Türe betrat ich eine Berglandschaft und stand an einem Bergsee. Die Luft war klar und frisch. Auf einem Stein saß ein Zwerg mit einer blauen Zipfelmütze und schaute mich an. Ich ging zu ihm und setzte mich zu ihm ins Gras. Ich solle in den See schauen, er zeige mir, welche Situationen in meinem jetzigen Leben noch nicht geklärt seien.
Ich stellte mich auf einen großen Stein, den ich am Ufer entdeckt hatte, um besser in den See schauen zu können. Ich sah mich als zwei jähriges Mädchen. Fragend blickte

ich den Zwerg an, doch er gab mir zu verstehen, dass es jetzt nicht der richtige Zeitpunkt wäre, genaueres zu erfahren.
Wenn ich ein direktes Karma erschaffe, wird mir das sehr schnell bewusst und ich kann es direkt auflösen. Wichtig aber ist, wenn Karma bewusst wird, sogleich Licht und Liebe vom Herzen aus zu der Situation und den beteiligten Personen zu senden. Auch Zwerg Minosch könnt ihr jederzeit rufen, um Karma aufzulösen.
Ich bedankte mich bei dem Zwerg und als ich durch die Türe zur Pyramide zurück ging, wurde mir noch folgendes bewusst: Ich konnte gar kein Karma von mir wahrnehmen, da diese Zeilen für das Buch bestimmt sind. Genauere Szenen, die ich auflösen darf, werden mir gezeigt, wenn ich intensiv an mir arbeite.

Karma in früheren Leben

Hinter dieser Türe erstreckte sich ein enges Tal, in dessen Mitte sich ein Fluss seinen Weg bahnte, gespeist von einem breiten Wasserfall. Der selbe Zwerg, den ich schon am See getroffen hatte, kam auf mich zu, nahm mich an der Hand und führte mich neben den Wasserfall. Ich watete bis in die Mitte des Flusses, um den Wasserfall von vorne zu betrachten. Das hinunter plätschernde Wasser wurde immer ruhiger, bis es einem durchsichtigen Teppich glich. Hinter diesem Wasserteppich konnte man eine polierte, glatte Felswand erkennen. Plötzlich sah ich Frauen in einer Pyramide tanzen. Danach verschwamm alles wieder und mir wurde

bewusst, dass es noch nicht der richtige Zeitpunkt war, mehr zu erfahren.
Ich bedankte mich bei dem Zwerg und er führte mich zu der Türe zurück, durch die ich gekommen war.
Wenn Ihr diese Türe beschreitet, seid Euch bewusst, dass nur die Szenen erscheinen, die im Moment wichtig sind.

Der Spiegel der Blockaden

Durch diese Türe betrat ich eine Art Höhle aus hellblauem Licht. Diesem Licht folgend, kam ich in einen runden Raum. Dort war es, wie wenn man in einem hellblauem Ball ist und durch ihn hindurch das Sonnenlicht erkennen kann. In der Mitte schwebte ein Spiegel in der Luft und ich schwebte auf ihn zu. Davor saß ein Zwerg im Schneidersitz und meinte, ich solle mich im Spiegel betrachten. Zuerst die sieben Hauptchakras (Wurzel,- Sakral,- Solarplexus,- Herz,- Hals,- Stirn- und Kronenchakra) und dann den Körper.
So tat ich es, und die Chakras fingen an sich zu erhellen. Als ich die Konzentration auf den Körper richtete, fing auch er zu strahlen an. Bis auf ein paar Flecken, die von meiner Haut her stammen, war alles hell erleuchtet.
Der Zwerg gab mir zu verstehen, auch die Flecken solle ich mit Licht füllen. Die Ursache für meine Hautprobleme wisse ich ja bereits.
Ich bedankte mich bei ihm und ging durch die blaue Lichthöhle wieder durch die Türe zurück in die Pyramide.
Wenn Ihr an Euch eine Blockade erkennen könnt, stehen Euch die Zwerge gerne mit Rat und Tat zur Seite.

Die Rose

Hinter dieser Türe war der Himmel golden und ich befand mich auf einer Wiese. Kein Laut war zu vernehmen - absolute Stille. Ein Zwerg kam zu mir, begrüßte mich und führte mich zu der einzigen Blume auf der saftig, grünen Wiese. Es war eine rote Rose wie aus Samt, groß gewachsen, mit vielen dunkelgrünen Blättern und spitzigen Dornen. Ihr roter Blütenkopf war halb geöffnet. Ich durfte der Botschaft der Rose lauschen. Voller Erwartung setzte ich mich so vor die Blume, dass mein Kopf auf gleicher Höhe mit der Blüte war. Langsam erfasste mich ein wunderschöner Energiestrom, der mich zum Schweben brachte. Folgende Worte wurden übermittelt: „Lasse die Rose in Dir erblühen. Öffne Dich wie ihre Blüte dem Himmel entgegen, in Richtung den höheren Dimensionen. Die Dornen schützen Dich und die Wurzeln lassen Dich nie vergessen, dass Du immer mit der Mutter Erde verbunden bist, wenn Du Dich den höheren Dimensionen öffnest. Spüre die Verbundenheit zum Göttlichen."
Ich saß einfach so da, genoss diese Energie und spürte, wie ich mich öffnete und erblühte.
Als sich auch die Rose ganz geöffnet hatte, erblickte ich das Innere der Rosenblüte und mir wurde bewusst, dass auch wir unser innerstes Göttliches Wesen zum Vorschein bringen dürfen.

Erblühe wie eine Rose und lasse den
inneren Göttlichen Kern leuchten.

Langsam erhob ich mich, bedankte mich bei dem Zwerg und der Rose und ging zurück zu der Türe, von der ich gekommen war.

Die innere Mitte

Durch diese Türe betrat ich eine kleine Pyramide aus goldenem Licht. In der Mitte stand ein Zwerg, gekleidet in hellgelbem Zwergenkostüm. Wir begrüßten uns und er gab mir zu verstehen, dass ich mich genau unter die Spitze der Pyramide stellen solle. Er erklärte mir, dass ich nun durch Hilfe eines Göttlichen Strahls meine innere Mitte genaustens kennen lernen würde. Der Zwerg, der nun vor mir stand, streckte seine Hände in die Höhe und aus dem Spitz der Pyramide kam ein weißer Strahl auf mich zu - direkt in mein Kronenchakra. Dieser durchfloss den ganzen Körper und gelangte durch die Fusschakras in die Mutter Erde. Ich konnte den inneren Frieden und die innere Mitte genau wahrnehmen und nun erklärte der Zwerg: „Diesen Strahl kannst Du Dir jederzeit in Dir vorstellen, wenn Du aus Deinem inneren Gleichgewicht gekommen bist. Du hast jetzt erfahren, wie es sich anfühlt, in der inneren Mitte zu sein. Es ist ein Lernprozess, bis man erreicht hat, immer in der Mitte zu bleiben. Dieser Strahl dient dafür als einfache Hilfe."
Langsam spürte ich, wie der Strahl sich zurückzog, jedoch das Gefühl, in mir zentriert zu sein, blieb. So bedankte ich mich bei dem Zwerg und er brachte mich zu der Türe zurück, durch die ich gekommen war.

Die Träume

Hinter dieser Türe befand sich ein spezieller Ort, den jeder auf seine Weise erleben wird. Hier holte mich ein Zwerg ab, der auf einem sternförmigen Untersatz stand. Ich stieg zu ihm auf und wir flogen durchs Universum. Der Zwerg erklärte mir: „Diese Türe sollst Du betreten, wenn Du Träume hast, die Du nicht verstehst. Du weißt, jeder Traum erzählt Dir etwas, aber oft kannst Du die Bedeutung nicht erfassen. Ich werde jeden, der kommt, an dieser Türe abholen und helfen. Im Schlaf verlassen die Menschen ihren Körper, um in die Traumebene aufzusteigen. Das Meiste wird vom Unterbewusstsein aufgenommen. Bleibt ein Traum bewusst, so kann er sehr bedeutungsvoll sein."
Der Zwerg brachte mich zur Türe zurück und ich bedankte mich bei ihm.

Der Zwerg des blauen Lichtschwertes

Die Türe öffnete sich von alleine. Eine weiße Wolke am tiefblauen Himmelszelt lud mich ein, sie zu betreten. Zu mir gesellte sich ein Zwerg in einer hellgelben Kutte, der mit beiden Händen ein blaues Lichtschwert hielt. Wir begrüßten uns und er sagte: „Wenn Du gekommen bist, um Karma aufzulösen, so bitte darum und stelle Dir das Karma oder den Menschen vor. Wenn kein Karma zu lösen ist, stelle Dich einfach hin und genieße, dass ich Dich nun von Fremdenergien befreie. Was wählst Du?"
Ich bat um die Loslösung von Fremdenergien. Alsgleich hob der Zwerg das Schwert und hielt es mir auf das

Kronenchakra, danach auf das Stirnchakra, das Hals- und Herzchakra, auf den Solarplexus, das Sakral- und Wurzelchakra. Am Schluss berührte er mit dem Lichtschwert noch die Handchakras. Zuerst an der linken und dann an der rechten Hand.
Die Energie, die in mich einströmte, war wunderbar, so belebend und befreiend. Ich bedankte mich bei dem Zwerg, verließ die Wolke und kehrte zurück.

Der Zwerg des Schutzes

Durch diese Türe betrat ich einen mystischen Ort, der mich sofort in weißes Licht einhüllte. Nichts genaueres war zu erkennen. Plötzlich tauchte ein Zwerg vor mir auf und überreichte mir einen blauen, langen Mantel. „Ziehe ihn an und er wird Dich beschützen. Sei es beim Autofahren, in Einkaufshäusern oder sonstigen Orten, die eine tiefere Schwingung haben.“ Ich zog mir den Mantel über, den goldenen Reißverschluss bis zum Hals und stülpte mir die Kapuze über den Kopf. Es fühlte sich gut an und ich spürte den Schutz dieses Mantels.
Ich bedankte mich bei dem Zwerg und verließ den Ort wie immer.

Der Zwerg der Transformation

Der Boden unter meinen Füssen, den ich durch diese Türe betrat, glänzte und glitzerte, wie goldener, feiner Sand. Neben einer wunderschönen Pyramide, deren Steine ebenfalls golden waren, stand ein Zwerg, gekleidet

in einer weißen Kutte. Er erinnerte mich an einen Druiden. Langsam ging ich zu ihm, um ihn zu begrüßen. Ich sollte ihm bis zur Spitze der Pyramide folgen. Eine sagenhafte Leichtigkeit erfüllte mich. Oben angekommen, stellte sich der Zwerg vor mich hin und nahm meine Hände in seine. Eine unglaubliche, lichtvolle Energiewelle erfasste mich. Um uns herum war ein Wirbel aus goldenem Licht entstanden. Wir wurden immer höher hinauf getragen.
Plötzlich konnte ich mich nur noch als ein Lichtwesen erkennen. Wunderschön - diese Energie!
Langsam löste sich der goldene Lichtwirbel auf und wir standen wieder auf der Pyramide. Der Zwerg ließ meine Hände los und verneigte sich vor mir. Ich begegnete ihm auf die selbe Weise und bezeugte meinen Dank. Er strahlte noch mehr als vorher und da bemerkte ich, dass auch ich mehr erstrahlte.
Ich ging zur Türe zurück und verließ den Ort der Transformation.

Atlantis

Hinter dieser Türe erlebt jeder etwas anderes. Auch wird oft nichts zu erkennen sein. Ist es wichtig, Erkenntnisse aus dieser Zeit zu erhalten, die Dich weiter bringen, so betrete diese Türe und es wird Dir möglich sein, dorthin zu gelangen. Solltest Du Dich einfach nur von diesem Ort angezogen fühlen, so gebe diesem Impuls nach. Auch kannst Du den Zwerg, der Dich an der Türe abholt, bitten, Dich in ein Gebäude zu führen.

Ich selbst betrat eine wundervolle Stadt aus weißen, sehr speziellen Gebäuden. Die Gebäude, die mich anzogen, durfte ich betreten. Die Umgebung dieser wundervollen Stadt war in dunkelblaues Licht gehüllt. Die Schwingung und die Ruhe hatten für mich etwas mystisches.

Lemurien

Auch diese Türe sollte nur betreten werden, wenn Ihr spürt, dass Ihr für Eure Entwicklung wichtige Informationen erhaltet.
Als ich durch diese Türe schritt, erlebte ich alles wie durch einen dichten Schleier aus rotem Licht. Der Ort war wieder sehr mystisch. Hier nahm ich noch eine sehr dominierende Energie wahr, die ich in Atlantis nicht spürte. Ich würde sie als reine Liebe beschreiben.
Erfahre selbst, wenn es für Dich bestimmt ist, was sich alles hinter Lemurien verbirgt.

Blauer Diamant

Hinter dieser Türe bekommt man die Einweihung der Energie von Minosch dem Zwerg und seiner blauen Lichtsäule. Da ich diese Zeremonie sehr liebe, freute ich mich besonders.
Ich schritt hindurch in einen sechseckigen, hell erleuchteten Raum. In der Mitte schwebte der blaue Diamant, zu dem mich Zwerg Minosch führte. Ich sollte meine Hände darauf legen. Er stellte sich mir gegenüber und legte seine Hände auf meine.

Es war traumhaft - mein ganzes Wesen erfüllte sich mit einem blauen Licht. Die Energie durchströmte all meine Körperebenen und ich genoss.
Zwerg Minosch nahm mich bei der Hand und begleitete mich zur Tür zurück. Tiefer Dank erfüllte mich.

Das waren nun die zwölf Türen der blauen Pyramide. Beschreite nicht alle auf einmal, sondern lasse Dich von Deinem Inneren führen, durch welche Türe Du gehen sollst.
Öffnest Du eine Türe, um hindurch zu gehen, so vertraue dem Zwerg, der Dich abholt. Du wirst genau dies erleben, was für Dich im Jetzt richtig und wichtig ist.
Für eine gute Erdung ist es sehr hilfreich, Dich mit Zwerg Sebastian und seiner roten Lichtsäule zu verbinden, nachdem Du aus der blaue Lichtsäule zurück gekommen bist.

Die zwölf Türen von der Pyramide der weiß-goldenen Lichtsäule

Durch die weiß-goldene Lichtsäule von Zwerg Jack kommt man in die Pyramide aus weiß-golden, schimmernden Licht. Du gelangst zu den jeweiligen Erzengeln. Zwerg Jack begleitet Dich hier durch die weiß-goldene Lichtsäule hinauf und schwebt mit Dir in die Pyramide. Er begleitet Dich zu der jeweiligen Türe eines Erzengels, die Du betreten möchtest.
Genieße hinter der Türe die Energie des Erzengels und lasse zu, dass er Dich mit seiner Energie einhüllt. Vielleicht erhältst Du von ihm eine Botschaft oder er erscheint Dir vor Deinem geistigen Auge.

Erzengel Metatron

Als ich durch diese Türe trat, wurde ich von einem weiß-goldenen Licht eingehüllt. Ich nahm ein sehr großes Lichtwesen mit großen Flügeln wahr. Diese durch mich strömende Energie war von göttlicher Reinheit. Es war, als würde eine sehr tief liegende Sehnsucht in mir gestillt. In meinem inneren Wesen war ich nach Hause gekommen.
Da die Energie von Erzengel Metatron immer sehr berauschend wirkt, ist eine gute Erdung von Vorteil.

Erzengel Jophiel

Die Energie, die mich hier einhüllte, war wie helles Sonnenlicht.
Ich spürte einen Lichtwirbel in mein Kronenchakra eintreten, der all meine Chakras durchströmte. Ich genoss diese wundervolle Energie und spürte die Vibration in dem Kronen- und Stirnchakra.

Erzengel Zadkiel

Dort wurde ich von einem violetten Licht eingehüllt. Ein Wirbel aus violettem Licht trat in mein Stirnchakra ein und erhöhte meine Schwingung.
Als er sich langsam auflöste, kam aus dem violettem Licht ein hell leuchtendes Engelwesen auf mich zu. Ich bedankte mich bei Erzengel Zadkiel mit einer leichten Verneigung und er war so schnell wieder weg wie er gekommen war.

Erzengel Raphael

Bei dieser Türe betrat ich einen wundervollen Ort. Ich tauchte in saftiges, grünes Licht ein und spürte, wie mein Körper die Heilenergie von Erzengel Raphael in sich aufsog. Es war ein atemberaubendes Gefühl, den Körper mit dieser Energie auffüllen und verwöhnen zu lassen.

Erzengel Chamuel

Hier angekommen, versank ich in ein helles, lila farbenes Licht. Ich wurde getragen von einem Gefühl der Geborgenheit und der Liebe. Mein Herzchakra füllte sich mit diesem Licht und wurde immer größer.

Erzengel Haniel

Beim Betreten dieser Türe war ich eingebettet in türkis farbenes Licht. Ich spürte die Wichtigkeit, mir selbst treu zu sein, ich selbst zu sein und dies zu leben. In dieser Energie spürte ich mich. Plötzlich erschien Erzengel Haniel als wunderbare Engelgestalt mit großen, weißen Flügeln und um ihn herum leuchtete ein feiner Farbzug eines kräftigen Türkis. Ich verneigte mich vor ihm und bedankte mich.

Erzengel Raziel

Durch diese Türe betrat ich einen Wirbel aus weißem Licht, durchzogen von Sonnenstrahlen. Es war ein unglaubliches, mystisches Gefühl, in diesem Wirbel zu schweben. Ich spürte eine mächtige Energie auf meinen Nacken, die durch den Hals ins Halschakra floss. Der ganze Kopf füllte sich mit dieser Energie. Hier ging etwas vor sich, das mir erst zu einem späteren Zeitpunkt bewusst wurde.

Erzengelmutter Sophia

Durch diese Türe tauchte ich in eine zarte, blau - rosa farbene Energie ein. Ich spürte, wie mich diese Energie auf eine noch nie erlebte Art erfüllte. Es war ein Ausgleich zwischen weiblich und männlich. Plötzlich leuchtete ein sehr großes Ying-Yang Zeichen aus weißem und silbrigem Licht aus meinem Bauch heraus.

Erzengel Sandalphon

Ein tiefes, blaues Licht erfuhr ich hinter dieser Türe. Aus meinem Herzchakra heraus begann ich, immer heller zu leuchten und wurde größer und größer. Ich öffnete mich für das Göttliche. Einfach himmlisch!

Erzengel Camael

Durch diese Türe schwebte ich in eine Kugel aus hellgelbem Licht. Ein paar graue Punkte erschienen an der Kugel um mich herum. Der Zwerg, der sich in der Kugel befand, erklärte mir, dass die Punkte symbolisch für Schattenseiten in mir stehen. Mir wurde bewusst, dass nur durch die Liebe und Akzeptanz dieser ungewollten Wesensanteile Transformation geschehen kann. Die Energie von Erzengel Camael hilft mir dabei.

Erzengel Muriel

Hinter dieser Türe füllte sich nicht nur das Herzchakra mit dem dort rosa farbenen Licht, sondern es durfte auch eine starke Ausweitung erfahren. Es war ein wunderschönes Gefühl von dieser Liebe erfüllt zu sein.

Weiß-goldener Diamant

Auf diese Türe freute ich mich sehr, denn dort bekam ich wieder eine Einweihung - in die Energie von Jack dem Zwerg und seiner weiß-goldenen Lichtsäule.
Ich schritt hinein in einen sechseckigen, hell erleuchteten Raum. In der Mitte schwebte der weiß-goldene Diamant. Zwerg Jack und ich gingen zu dem Diamanten und ich legte meine Hände darauf und er stellte sich mir gegenüber und legte seine Hände auf meine.
Erfüllt von dem weiß-goldenen Licht war ich wie in einem Traum. Die Energie durchströmte alle Körperebenen und ich genoss es.
Zwerg Jack nahm mich bei der Hand und begleitete mich zur Türe zurück. Wie immer bedankte ich mich.

Das waren nun die zwölf Türen der weiß-goldenen Pyramide. Beschreite nicht alle auf einmal, sondern lasse Dich von Deinem Inneren führen, durch welche Türe Du gehen sollst.
Nach dem Durchschreiten der Türe kann es sein, dass Zwerg Jack immer an Deiner Seite bleibt.
Du erlebst genau dies, was für Dich im Jetzt richtig und wichtig ist.
Verbinde Dich jedes Mal, wenn Du durch die weiß-goldene Lichtsäule zurückgekommen bist, noch mit Zwerg Sebastian und seiner roten Lichtsäule. Für eine gute Erdung ist dies sehr hilfreich.

Die zwölf Türen der Pyramide der durchsichtig-glitzernden Lichtsäule

Ich beschreibe hier die zwölf Türen der Pyramide, in die ich durch die durchsichtig-glitzernde Lichtsäule kam.
Diese Pyramide nehme ich in dem selben durchsichtig-glitzernden Licht wahr, wie die Lichtsäule, die mich dorthin brachte.

Seele

Durch diese Türe gelangte ich auf die Seelenebene. Die ganze Umgebung war getaucht in ein wunderbares, rötliches Licht - wie ein Sonnenuntergang über den Wolken. Verschiedene Lichtwesen schwebten hier einfach umher. Plötzlich kam ein wunderschönes, großes Licht auf mich zu und verband sich mit mir und wir verschmolzen. Mir wurde bewusst, dass ich mit meiner Seele Thera eins geworden war.
Hier auf der Seelenebene verschmelzt Ihr mit Eurer Seele und erfahrt Schritt für Schritt, was Euer Seelenvertrag beinhaltet. Bevor Ihr auf der Erde inkarniert seid, machte Eure Seele mit den geistigen Wesen Euren Seelenvertrag.

Höheres Selbst

Ein Kanal aus blauem Licht, durchzogen mit hellen Lichtstreifen erwartete mich hier - wie Sonnenstrahlen, die durch die Wolken schimmern.
Über mir schwebte eine hohe Energie auf mich zu und ich ward eingehüllt in weißes Licht. Ich spürte, wie ich mit meinem Höheren Selbst Hilaria verschmolz.
Werdet Ihr hier mit Eurem Höheren Selbst eins, so könnt Ihr langsam die gesamte Einheit des Göttlichen Seins erfassen.
Dies zu beschreiben ist fast nicht möglich - erlebt es einfach selbst!

Spiegel Deines Ich

Hinter dieser Türe ging ich einen Tunnel aus hellem Licht entlang und betrat einen leuchtenden Raum. In dessen Mitte stand ein großer Spiegel, rundherum mit Blumen geschmückt. Daneben wartete ein Zwerg, der mich einlud, in den Spiegel zu schauen. Zuerst blickte ich zwar in den Spiegel, schaute jedoch ins Nichts. Er erklärte mir: „Öffne Dein Herz Deiner eigenen Person und Du wirst Dich sofort erkennen." Ich konzentrierte mich auf meine Person und meine Liebe zu mir selbst....und konnte mich erkennen. Ich sah meinen physischen Körper mir gegenüber, beleuchtet in weißem Licht. Danach nahm ich wahr, wie sich mein physischer Körper langsam in einen Lichtkörper mit riesigen Flügel verwandelte. Es war atemberaubend.
Ich bedankte mich bei dem Zwerg und ging durch den Tunnel zurück zu der Türe, von der ich gekommen war.

Seelenvertrag

Als ich diese Türe betrat, befand ich mich in einer kleineren Pyramide aus glitzerndem, weißen Licht. In deren Mitte stand ein Altar mit einer durchsichtigen Kugel. Dahinter winkte mir ein Zwerg, gekleidet in ein weißes Zwergenkostüm zu, ich solle zu ihm kommen. Behutsam nahm er die Kugel in seine Hände und sagte: „Nehme die Kugel in Deine Hände und sieh! Du erblickst das, was Du erblicken sollst."

So nahm ich die Kugel in meine Hände und sah, wie ich das fertig geschriebene Buch, die Macht der Zwerge, in den Händen hielt.
Weiter meinte er: „Hier erkennst Du Deine Aufgaben, die Du in diesem Leben mit den höheren Wesen in Deinem Seelenvertrag vereinbart hast."
Ich wusste, dass ich zu einem späteren Zeitpunkt hier noch mehr über meinen Auftrag erfahren werde.
Ich bedankte mich bei dem Zwerg und verließ diese kleine Pyramide und ging zurück.

Teilpersönlichkeit

Durch diese Türe eröffnete sich mir ein wunderschönes Tal, von Bergen umringt. Der in der Mitte liegenden See zog mich magisch an. Ein Zwerg ruderte in einem kleinen Boot auf mich zu und lud mich ein, zu ihm ins Boot zu steigen. Wir saßen gegenüber und er paddelte in die Mitte des Sees. Hier sollte ich mich auf das Wasser konzentrieren. Nachdem das letzte Kräuseln der Paddelbewegung sich geglättet hatte, schaute ich in das Nass, das nun ganz ruhig war.
Ich sah eine Frau mit langen, weißen Haaren. Dies stellte eine Teilpersönlichkeit meiner Ängste, das Alte loszulassen, dar. Ich streckte der Frau meine Hand entgegen und half ihr ins Boot, während der Zwerg gemütlich über den See paddelte. Geistig zeigte ich meiner Teilpersönlichkeit die Schönheit des Aufstiegs, welche sich hier in der Schönheit dieser wundervollen Berglandschaft widerspiegelte.

Währenddessen wurde die Frau mit den weißen Haaren immer jünger - wurde langsam durchsichtig und dann ward sie vollkommen aufgelöst.
Der Zwerg brachte mich an das Ufer zurück. Ich bedankte mich bei ihm und verließ diesen wunderschönen Ort durch die Türe, von der ich gekommen war.

Physischer Körper

Glitzerndes Licht hüllte mich hier ein. Der dortige Zwerg erklärte mir, dass ich jetzt die Möglichkeit habe, meinen physischen Körper bewusst wahrzunehmen. Ich ließ die Energie von diesem mystischen Ort auf mich wirken. Ich konnte jede Vene, jedes Organ wahrnehmen. Mir wurde bewusst, dass hier ein besonderer Ort ist, um dem physischen Körper zu danken, dass er mir in diesem Leben dient und mich durch körperliche Unstimmigkeiten aufhorchen lässt.
Der physischer Körper tankt hier automatisch Kraft auf, wenn ihm unsere ganze Aufmerksamkeit geschenkt wird.

Aura

Durch diese Türe tauchte ich wieder in ein glitzerndes Licht ein. Die Energie war sehr harmonisch und hochschwingend. Langsam konnte ich alle zwölf Auraschichten, die mich umgeben, wahrnehmen. Hier wurde meine Aura gereinigt und wieder mit Energie aufgeladen.

Auch Ihr könnt mit der Zeit Eure Aurafarben wahrnehmen, wenn Ihr ein paar Mal durch diese Türe gegangen seid.

Emotionalkörper

Glitzerndes Licht erwartete mich auch hinter dieser Tür. Der Emotionalkörper war deutlich zu spüren, da ich eine Energie-Sitzung erhielt.
Hier hast Du die Möglichkeit, Dich mit Deinem Emotionalkörper zu unterhalten und eventuelle Ängste aufzulösen.
Es ist wichtig, den Emotionalkörper nicht zu vergessen, wenn man in die höheren Dimensionen aufsteigen will.

Mentalkörper

Wunderbar! Immer wieder glitzerndes Licht! Deutlich konnte ich den Mentalkörper wahrnehmen. Ich spürte seine Stärke und die Angst, die Kontrolle über mich zu verlieren. Der Mentalkörper ist der Körper, der uns am ehesten zurückhält, wenn wir unser Bewusstsein erweitern, weil er die Kontrolle über uns behalten will.
Langsam nahm er die Energie, die hier herrschte, in sich auf. Ich kommunizierte mit ihm und sagte geistig, er solle keine Angst haben, ich werde nicht ohne ihn meine Bewusstseinschritte machen.
Für unseren Aufstieg ist es auch sehr wichtig, unseren Mentalkörper mitzunehmen.

Lichtkörper

Weißes, glitzerndes Licht erfüllte mein Wesen, als ich diese Türe betrat. Ich spürte einen Energieanstieg und konnte meinen Lichtkörper wahrnehmen. Dies zu beschreiben ist sehr schwer - er ist der Teil von mir, der immer mit der Göttlichen Quelle verbunden ist.

Multidimensionaler Lichtkörper

Wenn man durch diese Türe schreitet, wird man sich bewusst, wie unvorstellbar groß die gesamte Schöpfung ist.
Wunderschönes, dunkelblaues Licht durfte ich hier erfahren. Ein Zwerg erwartete mich bereits und erklärte mir, ich solle meine Konzentration auf den physischen Körper, danach auf die zwölf Auraschichten, auf den Emotionalkörper, den Mentalkörper und dann auf den Lichtkörper richten.
Also führte ich es genau so aus, wie es mir gesagt wurde. Mein physischer Körper verband sich mit den Auraschichten, dann mit dem Emotionalkörper, dem Mentalkörper und schließlich mit dem Lichtkörper.
Ich genoss das Gefühl, ein riesiger, großer Lichtball zu sein, als von oben herab ein noch größerer Lichtkörper mit einer unglaublichen Energie auf mich zukam. Über mir angelangt, verschmolz seine Energie langsam mit meiner. Dies war mein multidimensionaler Lichtkörper Thyrius. Diesen Namen hatte ich schon bei einer anderen Meditation erhalten.

Wenn Ihr wollt und es für Euch bestimmt ist, könnt ihr Euren Namen ebenfalls hier erfahren.

Durchsichtig - glitzernder Diamant

Hinter dieser Türe gab es wieder eine Einweihung - von der Energie von Dymon dem Zwerg und seiner durchsichtig-glitzernden Lichtsäule.
Freudig schritt ich durch die Türe in einen sechseckigen, hell erleuchteten Raum. In der Mitte schwebte der durchsichtig-glitzernde Diamant, zu dem mich Zwerg Dymon führte. Ich sollte meine Hände darauf legen und er stellte sich mir gegenüber und legte seine Hände auf meine.
Traumhaft, wie sich mein ganzes Wesen mit einem glitzerndem Licht erfüllte. Die Energie durchströmte all meine Körperebenen und ich genoss einfach.
Zwerg Dymon nahm mich bei der Hand und begleitete mich zur Türe zurück. Ich bedankte mich bei ihm.

Das waren nun die zwölf Türen der durchsichtig-glitzernden Pyramide. Beschreite nicht alle auf einmal, sondern lasse Dich von Deinem Inneren führen, durch welche Türe Du gehen sollst.
Lasse Dich von dem Zwerg führen, der Dich hinter der Türe abholt. Hier wirst Du nicht bei jeder Türe von einem Zwerg begrüßt, denn wie Du weißt, ist diese

Lichtsäule Deine eigene Energie. Du wirst genau dies erleben, was für Dich im Jetzt richtig und wichtig ist. Verbinde Dich jedes Mal, wenn Du durch die durchsichtig-glitzernde Lichtsäule zurückgekommen bist, noch mit Zwerg Sebastian und seiner roten Lichtsäule. Für eine gute Erdung ist dies sehr hilfreich.

∞

Die zwölf Türen der Pyramide der silbernen Lichtsäule

Ich werde hier die zwölf Türen der Pyramide beschreiben, in die ich durch die silberne Lichtsäule kam. Diese Pyramide nehme ich in dem selben silbernen Licht wahr, wie die Lichtsäule, die mich dorthin brachte.

Deine Größe

Bei dieser Türe tauchte ich in ein wundervolles, silbriges Licht ein. Ein Zwerg, gekleidet in eine hellblaue Kutte, gab mir zu verstehen, ich solle mich auf meine ganze Energie konzentrieren und mich meinem Wesen öffnen.

Ich fühlte meine wahre Größe. Es war so atemberaubend, unglaublich, die eigene Schöpferkraft wahrzunehmen.
Als der Zwerg bemerkte, dass ich meine Größe erkannt hatte, begann er mir zu erklären: „Nutze Deine wahre Größe klug und nie selbstgerecht nur für das Ego. Setze Deine Macht immer für die gesamte Menschheit und zum Wohle der Mutter Erde ein. Akzeptiere Deine Größe, so wirst Du Deine Ziele erreichen."
Ich genoss die mich durchströmende Energie und nahm meine Größe bewusst in mich auf.
Ich bedankte mich bei dem Zwerg und verließ den Ort.

Aurafeld

Durch diese Türe gelangte ich einen wundervollen Garten. So viele verschiedene Farben! Es war herrlich! Ich sah die Energien von den verschiedenen Pflanzen ineinander fließen und die Aurafelder, die sie umgaben. Als ein Zwerg mit einem sehr hellen Aurafeld auf mich zukam, spürte ich mein Aurafeld genau. Als er in meine Aura trat, vermischten sich unsere Energiefelder. Ich konnte wahrnehmen, wie der Zwerg mir seine Energie sandte, um meine Aura zu sensibilisieren. Er gab mir zu verstehen, dass ich mit der Zeit in der Lage wäre, durch mein Energiefeld Dinge wahrzunehmen, bevor ich sie mit dem menschlichen Auge erfassen kann.

Als ich mich bei dem Zwerg bedankte und durch die selbe Türe diesen wunderschönen Garten verließ, spürte ich, dass sich mein Aurafeld vergrößert und stabilisiert hatte.

Chakras

Ich kam mir vor, wie auf einer Bühne. Ein sehr heller Strahl, der einem Scheinwerfer glich, leuchtete von der Decke hinunter. Der Strahl war eine Energiesäule aus Licht und dahinter konnte ich einen Zwerg erkennen. Er wies mich an, in den Strahl hinein zu gehen. Ich befolgte seine Anweisung und stellte mich in die Mitte der Energiesäule.

Mein ganzes Wesen wurde mit dieser gewaltigen Energie durchflutet. Ich konnte meine Chakras genau wahrnehmen, auch die, welche sich außerhalb des Körpers befinden. Ich wurde mit einer sehr kräftigen Energie geladen. Langsam sah ich, wie sich in den sieben Hauptchakras eine Lotusblume öffnete.

Danach zog sich die Energie langsam zurück und ich verließ diesen Ort .

Anschließend bedankte ich mich bei dem Zwerg und ging durch die Türe zurück, von der ich gekommen war.

Göttliche Liebe

Es war ein wunderschöner Anblick, als ich durch diese Türe trat. Ich befand mich in einem riesigen Saal, links und rechts von meiner Seite waren großen Säulen vor den Wänden. Ganz vorne erkannte ich einen Zwerg, der den Körper mit einem hellroten Zwergenkostüm schmückte. Wir begrüßten uns, und ich sollte mich in die Mitte der Säulenhalle begeben. Dann geschah etwas wunderbares. Langsam floss über mir ein rosafarbener Lichtstrom auf mich zu. Er umkreiste mich bis ich völlig eingehüllt war.

Jetzt konnte ich die Göttliche Liebe wahrnehmen. Mein Herzchakra sog diese Liebe in sich auf und mein ganzes Wesen war erfüllt mit der göttlichen Liebe. Unbeschreiblich - man muss ES selbst spüren.
Ich nahm die Christusenergie wahr. Sie ist die Göttliche Liebe.
Als der Lichtstrom sich langsam aufgelöst hatte, bedankte ich mich bei dem Zwerg und verließ diesen Saal.

Göttliche Harmonie

Durch diese Türe betrat ich eine Glaskugel, durch die silberne Lichtfunken wahrzunehmen waren. In der Glaskugel schwebend, bemerkte ich plötzlich einen Zwerg neben mir, der meine Hände fest hielt. Die Glaskugel wurde durchlässig und ließ die silbernen Energiefunken hineinströmen. Sie füllte sich mit göttlicher Harmonie. Ich hatte das Gefühl, diese göttliche Harmonie anfassen zu können - so stark wurde sie hier zum Ausdruck gebracht. In meinem Solarplexus entstand ein Wirbel, der die Göttliche Harmonie aufsog und in all meine Chakras strömen ließ.
Als sich die Energie zurückzog und ich die silbernen Energiefunken wieder außerhalb der Glaskugel wahrnahm, bedankte ich mich bei dem Zwerg und kehrte zurück.

Das Göttliche Licht

Als ich durch diese Türe trat, gelangte ich auf eine runde Plattform, die wie aus Chromstahl zu sein schien. Sie war in einem Kanal, den ich ebenfalls rund erkennen konnte. Wie in einem runden Lichtschacht, den ich in einem dunklen Blau wahrnehme.
Auf dieser Plattform begrüßte mich ein Zwerg in einer weißen Kutte - er glich einem Mönch. Ich stellte mich neben ihn hin und er zeigte mit seiner Hand hinauf. Ich blickte nach oben und über uns leuchtete ein sehr helles, weißes Licht. Der Zwerg sagte: „Wir schweben nun mit der Plattform auf das Göttliche Licht zu. Deine Seele bestimmt, wie weit Du in das Göttliche Licht hinein schweben darfst." Die Plattform begann, sich nach oben zu bewegen - immer weiter auf das Licht zu. Die Energie war atemberaubend, jedes Wort wäre zu wenig, um diese Göttlichkeit auch nur annähernd beschreiben zu können. Langsam konnte ich keinen Kanal aus dunkelblauen Licht mehr wahrnehmen. Nur noch dieses wunderbare Licht, das den Zwerg und mich einhüllte.
Ich spürte nach wenigen Augenblicken oder waren es längere Momente, dass wir wieder auf der Plattform durch den dunkelblauen Kanal hinunter schwebten. Mit großer Dankbarkeit zum Göttlichen Licht aufblickend, verließ ich diesen Kanal durch die selbe Türe, von der ich gekommen war. Natürlich bedankte ich mich auch bei dem Zwerg, der mir diese Reise ermöglicht hatte.

Göttliche Kammer

Ich betrat eine wunderschöne, goldene Kammer mir sehr hoher Energie und ich spürte stark mein Kronen-, Stirn- und Halschakra.
In der Mitte sitzend begrüßte mich ein Zwerg mit einer braunen Hose und einer goldenen Kutte. Hier durfte ich meinen Geistführer kennen lernen.
Der Zwerg stellte sich hinter mich und legte seine linke Hand zwischen meine Schulterblätter und seine rechte auf meinen Hinterkopf. Sogleich verstärkte sich die Energie des Raumes, als plötzlich ein goldenes Lichtwesen vor mir erschien. Es war Amunre - mein Geistführer. Durch seine Energie wurde mir bewusst, dass ich ihn viel mehr in den Alltag einbeziehen sollte.
Begegnet Ihr Eurem Geistführer, so könnt Ihr nach seinem Namen fragen. Vielleicht erfahrt Ihr ihn gleich, vielleicht aber erst später. Es spielt keine Rolle. Bezieht den Geistführer einfach in Euer Leben ein, er wird eine echte Bereicherung für Euch sein.

Lichtnahrung

Hier gelangte ich in eine kleine Pyramide aus silbernem Licht. Ein Zwerg führte mich direkt unter ihre Spitze. Er stellte sich gegenüber von mir hin und die Spitze der Pyramide öffnete sich und goldenes Licht, das aus vielen keinen Tropfen bestand, floss auf mich hinunter. Die Lichtnahrung trat durch mein Kronenchakra ein und floss direkt in die anderen Chakras. Von dort aus verteilte sich das goldene Licht im ganzen Körper. Ich spürte, wie

belebend die Lichtnahrung für Körper und Geist ist. Der Zwerg ließ mich noch wissen, dass es wichtig sei, sich mit Lichtnahrung zu versorgen, wenn man in die Höheren Dimensionen aufsteigt. Sonst können Gefühle entstehen, die einem Vitaminmangel gleichen.
Als ich bemerkte, dass Körper und Geist sich aufgetankt hatten, bedankte ich mich bei dem Zwerg und verließ die silberne Pyramide.

Verbindung Erde - Gott

Silbernes Licht erwartete mich hinter dieser Türe. Hier war ich ein Verbindungskanal von der Erde zum Göttlichen. Unter mir die Erde, die von einem silbernen Licht umhüllt war, und über mir das Göttliche Licht. Den Energiestrom von der Erde zur Göttlichen Einheit spürte ich in wellenförmiger Bewegung. Diese Verbindung war das Gefühl des Urvertrauens zur gesamten Schöpfung.
Ich verließ den Verbindungskanal, nachdem ich mich für diese wunderbare Wahrnehmung bedankt hatte.

Das Göttliche Licht in allem

Hier gelangte ich in einen runden Raum aus blauem Licht. Die Decke war gewölbt und der Boden unter meinen Füssen glich einer dünnen Nebelschicht. In der Mitte befand sich ein großer Spiegel. Ich ging zu dem Zwerg neben dem Spiegel und er forderte mich auf hinein zu schauen. Jetzt erblickte ich bei meinem Herzchakra einen hellen, weißen Lichtpunkt. Dies ist

mein göttliches Licht, das immer in mir leuchtet - wie bei jedem Menschen - ohne Ausnahme!
Nun sah ich nacheinander in dem Spiegel verschiedene Menschen, Tiere, Pflanzen und sogar Landschaften. Bei allem konnte ich das Göttliche Licht wahrnehmen.
Der Zwerg sagte: „Es ist wichtig, dass die Menschheit wieder in allem das Göttliche Licht erkennt. So leben die Menschen in Frieden mit sich selbst und der ganzen Schöpfung."
Ich bedankte mich bei dem Zwerg und verließ den Raum durch die Türe, von der ich gekommen war.

Alles ist eins

Durch diese Türe durfte ich in eine Seifenblase aus silbernem, durchscheinenden Licht. Darin sitzend lachte mir ein Zwerg begrüßend entgegen. Wie in einem Raumschiff flogen wir durch das Universum. Verschiedene, farbige Lichter und Lichtwesen zogen vorbei. Ein echtes Dimensions-Abenteuer. Wir flogen in regenbogen farbiges Licht hinein und ich sollte mich auf diese Energie konzentrieren. Sogleich spürte ich die Einheit zwischen der ganzen Göttlichen Schöpfung. Ein unglaubliches Gefühl der Glückseligkeit, der Dazugehörigkeit und der Liebe.
Der Zwerg brachte mich in der Blase zurück zu der Türe, von der ich gekommen war. Ich bedankte mich herzlichst bei ihm für diese wunderbare, mystische Reise.

Silberner Diamant

Hier war die Freude wieder groß, denn wie Ihr wisst, gibt es jetzt eine Einweihung - in die Energie von Louis dem Zwerg und seiner silbernen Lichtsäule.
Ich schritt durch die Türe in einen sechseckigen, hell erleuchteten Raum. In der Mitte schwebte der silberne Diamant, zu dem mich Zwerg Louis führte. Ich sollte meine Hände darauf legen und er stellte sich mir gegenüber und legte seine Hände auf meine.
Es war traumhaft! Mein ganzes Wesen erfüllte sich mit silbernem Licht. Die Energie durchströmte all meine Körperebenen und ich genoss einfach.
Zwerg Louis nahm mich bei der Hand und begleitete mich zur Türe zurück. Ich bedankte mich bei ihm.

Das waren nun die zwölf Türen der silbernen Pyramide. Beschreite nicht alle auf einmal, sondern lasse Dich von Deinem Inneren führen, durch welche Türe Du gehen sollst.
Lasse Dich von dem Zwerg führen, der Dich an der Türe abholt. Du wirst genau dies erleben, was für Dich im Jetzt richtig und wichtig ist.
Verbinde Dich jedes Mal, wenn Du durch die silberne Lichtsäule zurückgekommen bist, noch mit Zwerg Sebastian und seiner roten Lichtsäule. Für eine gute Erdung ist dies sehr hilfreich.

Die Göttliche Pyramide

Nachdem ich alle Türe betreten hatte, teilte mir Arubin mit, dass ich mich mit allen Zwergen und ihren Lichtsäulen verbinden sollte - sie wollten mir noch etwas zeigen.

So legte ich mich eines Nachmittags auf unser Sofa und öffnete mich der Energie der Zwerge und ihren Lichtsäulen. Schneller als sonst umhüllte mich der Energiewirbel von allen sechs Lichtsäulen, die zu einem weißen Licht verschmolzen waren, und ich wurde langsam nach oben getragen. Das Licht war sehr hell und es entstand eine hohe Energie. Die Zwerge tanzten um mich im Uhrzeigersinn. Es war wunderschön, denn mein ganzes Wesen wurde mit einer Leichtigkeit erfüllt. Ich schwebte in eine riesengroße Pyramide aus Licht von unten her hinein. Durch die Pyramide hindurch erkannte ich einen dunkelblauen Himmel mit vielen Sternen, die in den verschiedensten Farben leuchteten.

Die Energie hier durchströmte meinen ganzen Körper und ich hatte das Gefühl, dass selbst die Luft pure Energie war, so dass es mir schwer viel zu atmen. Um mich herum waren kleinere Pyramiden - die Pyramiden der Zwerge, durch die ich jede einzelne Türe betreten hatte.

Zwerg Jack stand vor der weiß-goldene Pyramide, die vor mir erschienen war. Rechts von ihr, erschien die rote Pyramide mit Zwerg Sebastian, links von ihr nahm ich die grüne Pyramide mit Zwerg Vincent wahr und hinter mir rechts erkannte ich die blaue Pyramide mit Zwerg Minosch. Links hinter mir sah ich die durchsichtig-glitzernde Pyramide mit Zwerg Dymon und rechts hinter mir die silberne Pyramide mit Zwerg Louis.

Es war traumhaft, diese sechs Pyramiden in der großen Pyramide aus Licht wahrzunehmen. Das Licht fing zu glitzern an - wie kleine Energiefunken, die umher flogen. Ich befand mich in der Mitte unterhalb des Spitzes der großen Pyramide, als sich der obere Teil der Spitze öffnete und helles Licht einströmte. Es erfüllte von oben her die ganze Pyramide und die Energie intensivierte sich, bis die ganze Pyramide mit dieser Lichtenergie aufgefüllt war. Ich konnte aber immer noch die sechs Pyramiden um mich herum wahrnehmen.
So beobachtete ich, wie die rote Pyramide nach oben schwebte, ihr folgte die grüne, dann die blaue, die durchsichtig-glitzernde, die weiß-goldene und zum Schluss die silberne Pyramide. Alle schwebten in dieser Reihenfolge hintereinander durch die Pyramide.

Ich sah, wie die Zwerge um mich einen Kreis bildeten und im Uhrzeigersinn anfingen, um mich herum zu tanzen. Jetzt schwebten die Pyramiden auf mich zu. Zuerst die rote in mein Wurzelchakra und es begann zu arbeiten. Ein Energiewirbel, der mich bis in die Zehen hinunter mit Energie auffüllte. Danach schwebte die grüne Pyramide in das Sakralchakra. Dieser Wirbelsturm aus Energie füllte den ganzen Bauchraum, der wohlig warm wurde. Jetzt schwebte die blaue Pyramide in den Solarplexus. Auch dieser Energiewirbel erfüllte mich sofort und half mir, alte Verhaltesmuster aufzulösen. Nun schwebte die durchsichtig-glitzernde Lichtsäule in das Herzchakra. Der ganze Brustkorb war angereichert mit diesem Energiewirbel, so dass ich sofort die Energie meiner Seele und meines Höheren Selbst spürte. Nun begab sich die weiß-goldene Pyramide in mein Halschakra. Dieser Energiewirbel machte den Hals wohlig warm und bereitete mir das Gefühl, wie wenn er anschwellen würde. Die silberne Pyramide erfreute mein Stirnchakra mit einem enormen Energiewirbel, der oberhalb zwischen meinen Augen entstand und immer größer wurde. Der krönende Abschluss kam von der großen Pyramide. Durch die Öffnung an der Spitze strömte wieder leuchtendes, weißes Licht hinein. Der Strahl dieses Lichts kam direkt von oben her auf mich zu und floss in das Kronenchakra und der Kopf dehnte sich von dort aus.

Die große Pyramide, in der ich mich befand, hatte sich nun aufgelöst. Und plötzlich stand ich auf einer Wolke aus hellgelben Licht. Zwergenkönig Aragon und Zwergenvater Lourdin kamen auf mich zu. Aragon nahm mich bei der linken Hand und Lourdin an der rechten Hand und führten mich in ein helles, weiß leuchtendes Licht. Von diesem Licht aus kam eine sehr vertraute Energie auf mich zu. Mein inneres Wesen erkannte das Göttliche Licht. Sie führten mich geradewegs in dieses Licht hinein.

Ich bin das Licht.
Ich bin eins mit der ganzen Schöpfung.

Nun führten mich beide wieder aus diesem Licht hinaus. Ich bedankte mich herzlichst und sie sich auch.

Zurück auf der weißen Wolke sah ich, wie vor meinen Füssen ein roter Wirbel entstanden war. Nun durfte ich diesen Ort wieder verlassen. Ich ließ mich einfach in den roten Wirbel fallen und sogleich fing mich die Energie der roten Lichtsäule von Zwerg Sebastian auf und ich schwebte langsam in ihr hinunter. Unten angekommen, blieb ich noch solange in ihr stehen, bis ich spürte, wie die Energie aus meinen Füssen in die Mutter Erde floss.
Als ich hinaustrat, bedankte ich mich für all diese wunderbaren Erlebnisse bei allen Zwergen mit den Lichtsäulen.

Bemerkung zur Meditation in der göttlichen Pyramide

Diese Meditation zur großen Pyramide kommt auf Euch zu, wenn es der richtige Zeitpunkt ist.

Zwergenkönig Aragon erklärte mir, dass nicht jeder in die große Pyramide gelangen muss, um die Einheit zu erkennen, auch wenn er viel mit den Zwergen gearbeitet hat. Vielleicht hat er es bereits erkannt.
Diese Meditation beschreibe ich nicht schrittweise, damit Ihr Euch führen lassen könnt, wann Ihr für diese Pyramide bereit seid, um die Einheit mit der ganzen Schöpfung, die immer ist, immer war und immer sein wird, selbst wahrnehmen zu können.

Wichtig ist auch, dass man sich der Verbindung zu allem Sein bewusst wird und doch seine Aufgabe als Mensch hier auf dem Planeten Erde lebt.

Wenn Du verschmolzen bist mit dem Göttlichen Licht, sei Dir trotzdem Deines Menschen Daseins bewusst, denn Du dienst der ganzen Schöpfung, indem Du das Göttliche Licht, das Du bist, in die Welt hinaus trägst, wo immer Du bist. So wirst Du die Liebe und die Göttlichkeit in jedem Wesen zum Erblühen bringen.

Schlusswort

Für all das Erlebte hier bin ich den Zwergen und allen Lichtwesen sehr dankbar.

Es ist nicht nur meine Aufgabe, dieses Buch über die Zwerge zu schreiben, sondern ich darf auch Seminare darüber abhalten.

Ich hoffe, dass dieses Buch, und somit die Energie der Zwerge, auch soviel in Euch bewirkt, wie sie in mir bewirkte. Diese Energien ermöglichen mir, meine Aufgabe zu leben und zu erkennen.

Seid Euch immer bewusst: Die Zwerge sind sehr sensible Göttliche Wesen. Sie lieben es, wenn Ihr sie achtet, indem Ihr mit ihnen arbeitet und genießen es, wenn Ihr ihnen Eure Liebe sendet - und sie kommt tausendfach zu Euch zurück.

Die Zwerge werden gute Freunde und begleiten Euch durch jede Lebenssituation. Wenn Ihr beginnt, mit ihnen zu arbeiten, werdet Ihr bald bemerken, dass immer mehr Zwerge sich bei Euch melden.

Ich wünsche Euch viel Licht und Liebe auf Eurem Göttlichen Weg.

Die Göttliche Nummerologie der Zwerge von Melchizedek - Maurice Bassin

1. Sebastian	15(21)(12)(91)5	= 135
2. Vincent	49(53)(55)2	= 123 + 135 = 258
3. Minosch	49561(38)	= 63 + 258 = 321
4. Dymon	47465	= 26 + 321 = 347
5. Jack	1(13)2	= 16 + 347 = 363
6. Louis	363(91)	= 103 + 363 = 466
7. Lourdin	3639495	= 39 + 466 = 505

505 = Liebe in Fülle nehmen und geben!

Sebastian 16 = Genesis

Vincent 27 = der Weg

Minosch 35 = Nirwana, das Ziel

35 + 16 + 35 = 78 = 7 x 8 = 56 = die Pyramide

Dymon 41 = der Liebende

Jack 52 = der Spirituelle

Louis 63 = der Göttliche

Lourdin 74 = der hohe Priester